SUGAR

あにだん

新米パパの子育て奮闘記

CROSS NOVELS

浅見茉莉

NOVEL:Mari Asami

みずかねりょう

ILLUST:Ryou Mizukane

CROSS NOVELS

CONTENTS

CROSS NOVELS

CONTENTS

CROSS NOVELS

ステップファーザーズは愛情過多

ANIDAN

Presented by Mari Asami with Ryou Mizukane

ユーラシア大陸の北東部を流れる大河がある。全長・流域面積ともに世界のベストテンに入るアムール川だ。ロシアと中国《ちゆうごく》の国境を成し、中国では黒竜江《こくりゆうこう》と呼ばれる。

そのアムール川支流ウスリー川沿いの、ロシア沿海地方の山間部は、十一月に入った現在、雪に覆われていた。日中の気温も零度を下回ることが多い。

そんな森林地帯にプレハブのベースキャンプを置いて、尾賀直己《おがなおき》は野生動物調査隊の一員として、日々フィールドワークに勤《いそ》しんでいた。

この地に棲息《せいそく》するといわれているのは、アムールトラやアムールヒョウの絶滅危惧種《きぐしゆ》やシカ、クマ、イノシシなど。

「お目にかかれないもんだね」

寒さに強張った口を開いたのは、隣を歩く来栖未来《くるすみらい》だ。ふだんは北海道《ほつかいどう》の紋別《もんべつ》アニマルパークで管理課を取り仕切っているが、かねてより懇願《こんがん》していた調査に、今回初めて同行した。チャラい言動に似合わず仕事熱心で、この気候をものともしない。さすがは世界規模の保護研究機関の幹部を叔父に持つだけのことはある、と言うべきか。

……いやいや、来栖園長とは血縁はないんだったな。

「でもまあ、こんなもんでしょう。野生のアムールトラは五百頭くらいだし、アムールヒョウに至ってはその十分の一くらいですから」

アムールトラは若干増加の兆《きざ》しを見せているが、皮肉なものでそうなると、その分アムールヒヨウの生存が脅《おびや》かされる。食料となる動物の取り合いになるし、アムールヒョウ自身がアムールトラの餌食《えじき》となる可能性もあった。

「そういう動物こそ、進化種がバンバン生まれてほしいよね」

「そうですね」

相槌《あいづち》を打って、直己は考え込んだ。

進化種、かあ……。

近年、絶滅危惧種を中心として希少といわれる動物の中に、進化種と称される個体が出現していた。その最大の特徴は、人型を取れるというところにある。他にも繁殖能力に優れていて、同性や人間との間にも子作りが可能という、なんともミラクルな救世主だった。

その進化種を保護研究する機関に直己は所属しているのだが、いまだに信じられない。

そもそも直己が職を得たきっかけは、大学時代に遡《さかのぼ》る。社会学を専攻していた直己が発表した土地開発と野生動物についての論文が来栖園長の目に留《と》まり、コンタクトを取ってきた。

論文テーマにするくらいだったので、もちろん関心があることだったし、将来は可能なら関係する仕事に就きたいと考えていたから、来栖園長の機関への誘いに、一も二もなく飛びついた。

その当時は、単純に希少野生動物の保護団体だと思っていたのだ。開発側に、多少口出しできるくらいの威力がある程度の。

いざ就職する段になって、裏の——いや、実際はそちらが主体の、進化種といわれる生き物を保護研究する機関だと知って、また実際に進化種と対面して、驚いたなんてものではなかった。

そのときに会ったのはタンチョウの進化種だったので、哺乳類の進化種にありがちないわゆるケモ耳とか尻尾が見られなかったこともあり、ずっと半信半疑だったものだ。

そんな直己が配属されたのは、世界各地の野生動物の棲息地に赴《おもむ》いて、キャンプをしながら生態調査を行う部署だった。働き始めて四年目になるが、幸か不幸かいまだに野生の進化種に遭遇したことはない。

「紋別にはけっこう進化種がいるんでしょう？　あ、あの復活エゾオオカミもそうですよね？」

「うん、彼も野良進化種みたいなもんだったよ」

「野良って……」

森林を分け入って進むと、崖下の雪だまりに不自然な穴を見つけた。

「尾賀さん、あれ――」

「怪しいですね」

風向きを考えると、あの位置に窪《くぼ》みがあるのはおかしい。意図的に掘られたものに違いない。

「問題は、誰が掘ったのかってことで――」

「クマじゃないだろうね……」

「いや、クマは土の中でしょ。来栖さん、プロのくせに」

「冗談だよ。けど、大きさ的にどうなの、あれ」

たしかに野ウサギやテンなどが掘ったにしては大きすぎる。おそらく中の空洞は、中型犬くらいなら入れるだろう。

しかも穴の掘り方が、下手というか雑というか、いかにもここに穴がありますという感じで、掘り出した雪が周囲に蹴散らしてある。あれでは敵に見つけてくださいと言わんばかりだ。

「まあ、十中八九空っぽでしょうけど、一応確認しておきますか」

念を入れて足音を忍ばせて近づくが、なにぶん雪の上なので踏みしめる音が洩《も》れる。つい足元に視線がいった直己は、そこに獣《けもの》の足跡らしきものを見つけた。

「え……？　これ、もしかして……」

大きさからして、ネコ科の大型獣ではないだろうか。もしやアムールトラかと、直己は慌てて声をかけたが、来栖はすでに雪穴を覗《のぞ》き込んでいた。

「来栖さん……！」

穴を見つけたときはビビっているのかと思ったのに、どうして肝《きも》が据《す》わっている。さすがは機関のエリートだ。

その来栖に手招きをされ、直己は近づいて後ろから覗き込んだ。

「うわっ……」

雪穴の中に、クリーム色の地に黒い斑点《はんてん》模様の毛皮が見えた。

「トラ――いや、ヒョウ？」

「──の仔だね。生きてる」

動かないので死骸《しがい》かあるいはその残骸かと一瞬思ったが、目を凝らすと呼吸に合わせて胸部が小さく上下している。しかし、こちらにまるで反応しない。ふつうなら瞬時に察知して、動いて威嚇《いかく》なりするはずだ。

「……弱ってるんでしょうか？　それで親に放置された？」

「さあね。とにかくこのままにしておいたら確実に死ぬ。はい、出して」

「俺ですか⁉」

「アムールヒョウに触れるなんて、めったにない機会だよ」

それはそうだけれど、幼獣でもヒョウはヒョウだ。手を出した瞬間、反撃されるかもしれない。今、じっとしているのだって、こちらを油断させているのかもしれないではないか。

いろいろと言い返したいことはあったけれど、来栖が動く気配はなかったので、直己は穴の前に寝そべるようにして手を伸ばした。分厚い手袋越しに柔らかな感触が伝わり、みゅう、と小さな鳴き声が聞こえた。

瞬時に猛烈な庇護欲が湧《わ》き上がって、直己は引きずり出したアムールヒョウの仔を、懐に抱え込んだ。来栖が準備していた防寒布を巻きつけてくれ、覗き込む。

「せいぜい生後半年ってとこかな？」

「そうですね、十五キロくらい。とにかく早く戻りましょう。そうとう弱ってるみたいだ」

こうして見つけたからには、なんとしても元気になってほしい。そのために自分たちにできることはしたい。

急ぎベースキャンプに戻ると、獣医師の資格を持つカイルが待ちかまえていた。途中、携帯電話で伝えておいたのだ。

「ワオ！　マジでアムールヒョウだ！」

診察台の上に蹲《うずくま》った幼獣に声をかけながら、ストレスがかからないように素早く容体《ようだい》をチェックしていく。

「男の子だねー。歯の様子からして七か月ってとこかな？　あっ、こいつかー」

左前肢《まえあし》を握られて、仔ヒョウが悲鳴のような鳴き声を上げた。

「折れてないけど、筋を痛めてる。ほら、炎症起こして腫《は》れてるし」

エコー検査とエックス線写真を撮り、処方された薬を飲ませても、仔ヒョウはされるがままだった。それほど弱っているのかと思うと胸が痛い。

食堂の隅に衝立《ついたて》をして、その陰に寝床を作って休ませてやった。本当は別室に置いたほうがいいのだろうけれど、目が届く場所でないとこちらが不安になる。

できるだけ静かに過ごしながら、直己は口を開いた。

「雪穴のそばに足跡があったんです。あの大きさだと、多分アムールトラじゃないかな。襲われたんでしょうか？」

来栖は首を傾《かし》げる。

「襲われたら、あんなもんじゃ済まないと思うけど。ていうか、やられたとしたら親のほうじゃない？　でも、辺りに荒れた形跡はなかったよね」

たしかに血痕《けっこん》どころか、踏み荒らした跡もなかった。だからこそ、直己も足跡が見つけられたのだ。

「その足跡って、ほんとにアムールトラなの？　あの子の親じゃなくて？」

訊《き》き返されて、直己は言葉に詰まった。

「いや……かなり大きかったですよ。ヒョウの大きさじゃない」

「アムールヒョウのでかいのになると、八十キロ超えとかあるらしいよ」

「いやあ、それでもあの大きさは……確実に百キロオーバーだと思います。メスでそれはありえないでしょ」

「穴の中にいたってのも解せないよな。親が掘って入れたとしか考えられないけど、そんなの聞いたことない。エサじゃあるまいし」

ヒョウは食べ残しのエサを樹上に残す習慣があるが、アムールヒョウの中には地上に土や落ち葉をかけて隠すものもいる。

いずれにしても親の仕業なら、そうとう知恵が働くというか、どういう意図でそうしたのかと、来栖と首を傾げていると、玄関の戸を叩《たた》く音が聞こえた。

「もう帰ってきたのか？　珍《めずら》しく早いな」

夜間は当番を決めてベースキャンプに残り、当番以外は自由行動となる。他のメンバーはカヴァレーロヴォの街まで出かけたので、ふだんならもっと深夜に近くなるはずだ。

「カギ持って出かけなかったのか？　まさか開けられないくらい酔っ払ってるとか――」

そう言いながら玄関の内ドアを開けた直己は、外ドアの向こうに長身で金髪の若者が突っ立っているのに目を瞠《みは》った。

また雪が降り出していて、すっぽりと被ったニットキャップにも、ダウンコートの肩にもうっすらと積もっている。気温は間違いなくマイナスで、デニムにワークブーツというボトムは、少々軽装ではないかと思えるくらいだ。

ついでに、こんな森の中に薄着で突っ立っているのが場違いなくらい、若者はイケメンだった。西洋人の美点を集めましたと言わんばかりの造作で、ショーモデルの中にいても遜色《そんしょく》がない。余裕の八頭身で顔が小さく、金色に近いヘーゼルの珍しい瞳をしていた。

「……え？　っと――」

誰だ？　森林管理人はもっとおっさんだったし、直近の人家は数キロ先だし、そもそも行き来するような交流もないし――。

そんなことを思いながら、とにかく外ドアを開け苦手なロシア語を頭の中で組み立てつつ迎え入れると、若者が口を開いた。

「仔ヒョウを返してもらおう」

「えっ？」

なんで日本語、しかも流暢《りゅうちょう》に喋《しゃべ》れるとか、どうして仔ヒョウのことを知っているんだとか、直己は混乱に見舞われたが、すぐに結論を導き出す。

こいつ、密猟者か！

きっとアムールヒョウの親子を見つけ、親のほうはすでに捕獲したのだろう。なんらかの理由で子どもが後回しになり、とっさの処置であの雪穴の中に隠しておいたのだ。

直己が若者を睨《にら》みつけていると、玄関ポーチに来栖がやってきた。

「尾賀さん、どうしたの？　あれっ、お客さん？」

「帰れ、通報するぞ。アムールヒョウはワシントン条約で捕獲禁止にされてる。個人所有もできない」

そう言い放つと、若者が睨むように目を細め、直己は吹き込む雪風のせいだけでなく身震いをした。

現地調査隊なんてしていれば、野生の猛獣だけでなく銃を持った密猟者にも出くわす。おかげで少々のことには動じないはずだったのに、明らかに年下の若者に、まるでずっと格上の相手と対峙《たいじ》したように怯《ひる》んだ。

な、なんでこんな……若造のくせに、妙に迫力がある奴だな。ていうか、こっちが正しいんだからビクつくな、俺！

それでも固まっていた直己を押しやるようにして、来栖が若者を招き入れた。

「まあまあ、立ち話もなんだし、入りなさいよ。あったかいココアでも淹《い》れてあげるから」

「来栖さん！」

ようやく非難の声を上げた直己の前を、若者は堂々と通り過ぎていった。

「あっ、ちょっ、待て！」

慌てて後を追うが、すでに食堂に踏み込んだ若者が、周囲を見回してすぐに衝立に視線を据えた。

「マールイ！」

「だめだ！」

名前らしきものを呼んだ若者に先んじて、直己は駆け寄って仔ヒョウを捕まえようとしたが、飛び出してきたのは人間の幼児だった。

「うわあっ、な、なにっ⁉」

独身だし、身近にも小さい子どもがいないので定かではないけれど、おそらく幼稚園児より幼い。身長は一メートル足らずで、金髪の巻き毛に青灰色の瞳の男児で、ツナギのスノーウェアを着ていた。

「ジョールトィ！」

男児はまっしぐらに若者に向かい、その膝《ひざ》にすがりついた。若者も身を屈《かが》めて男児を抱きしめている。

「……なんでこんなとこに子ども……？」

呆然《ぼうぜん》とそれを見ていた直己は、はっと我に返った。這《は》うようにして衝立の向こうを覗くが、毛布を重ねた寝床は空っぽだ。

「……いない……どこだ⁉　おいっ……」

毛布をひっくり返し、床や壁を触りまくる。元より隠れられそうな場所などない。

じゃあ、玄関に行っていた隙《すき》に……？

「おーい、尾賀さん」

のんきな声に振り返ると、来栖が親指で若者と男児を示していた。

それどころじゃないってのに、と言いかけて、直己は目を剥《む》く。男児の頭に獣の耳が生えていた。黒い地にクリーム色の耳の模様は、つい先ほど見た記憶がある。そのまま下へ視線を動かすと、するりと長い尻尾がしきりに揺れていた。それも同じ配色のローゼット模様だ。

……てことは――。

「し、進化種⁉」

叫び声に、びくりとした男児が一瞬こちらを振り返り、若者の懐《ふところ》に潜り込む。

「そのようだねー」

「なにをのんきなことを言ってるんですか、来栖さん！　そうとなったら、なおさら人手に渡すわけにはいかない。

「きみ！　この子はどこで見つけた？　母親はいなかったか？　ああ、えっと、母親じゃなくても、アムールヒョウを見なかったか？」

必死の形相《ぎょうそう》で言いつのる直己に、子どもが脅《おび》えたようにべそをかく。若者はそれを抱き寄せて立ち上がった。そうなると視線が逆転し、一気に威圧感のようなものを覚えると同時に、直己の頭も冷えてくる。

先ほどの仔ヒョウがこの子どもなのは間違いない。希少な進化種を脅かすなんて、機関の人間としてあるまじきことだと反省する。

「……悪い、ちょっと焦《あせ》ってた。ええと、それで――」

救いを求めて来栖に視線を送る。こういうときもそつなくやってくれそうだと期待して。

しかし来栖が放ったのは、またしても直己を驚かせるひと言だった。

「彼がこの子の父親かもしれないね」

「ええっ、まさか！」

と反射的に返したものの、ありえないことではないと思い直す。進化種は人間との間にも子どもが作れるのだ。

それに、子どもは明らかに若者に懐いている。若者もまた、仔ヒョウを返せと言ってきながら、男児――しかも耳と尻尾つき――を見ても、驚きもせず、迷うことなく抱き上げた。ということは、この子の正体を知っていたのではないか。

「……じゃあ、きみは進化種のパートナー……？」

遠慮がちに尋《たず》ねる直己を尻目に、つかつかと歩み寄った来栖が、若者のニットキャップを掴み取った。

「あっ……！」

叫んだのは帽子を取られた若者でなく、直己だった。若者の頭にも黒い地に黄色の模様が入った耳がついていたのだ。

「親子で進化種⁉」

直己の言葉に、若者は小さく舌打ちした。

「やっぱりねー。さあさあ、そろそろ座って落ち着こうか」

あくまでのんきな来栖が、若者と直己を隅に置かれたソファに促す。意外とあっさり若者が腰を下ろしたので、直己はまだ落ち着かない自分を宥《なだ》めるように、キッチンカウンターに向かった。

「コーヒー淹れてきます……」

「あ、ホットミルク追加ね」

直己が人数分の飲み物を運ぶ間に、来栖のほうは自己紹介をしていた。

「——で、きみたちみたいな進化種を保護する機関に所属してます。さ、今度はきみたちの番だよ。まずは名前から訊こうかな」

しかし、若者は胡散臭《うさんくさ》そうに来栖と直己を見比べていた。コーヒーを差し出すとゆっくりと飲んでいるので、人間社会の文明をまったく知らないわけではないようだ。

一方の子どものほうは、ぬるめに沸《わ》かしたミルクを、ひと嗅《か》ぎしたとたん、喉《のど》を鳴らして飲み干した。口の周りを白くして、ぷはーっと息をつき、満面の笑顔になる。

「おいしい！　あのね、ぼくマールイ」

「……俺はジョールトィと呼ばれてる。単なる呼び名だ。名前なんて必要ないからな」

たしかに動物同士なら、名前以前に言葉がない。しかし人の姿で言葉を使うなら、名前はあったほうがいいので、そのまま使う。

「『小さいの《マールイ》』と『黄色いの《ジョールトィ》』ね。ロシア語か、なるほど。日本式に短くジョールでいいかな？」

「勝手にしろ」

うわあ、なんか気難しい奴だな。

気を取り直して、野生の進化種の場合、健康状態を調べて基礎データを取って、詳細を機関に登録させてほしいこと、できればどこかの施設で生活してほしいことを伝えた。保護研究機関が進化種の味方で、なによりも彼らの希望に応えたいと思っていることは、特に念入りに訴えたつもりだ。

しかし聞いている最中もまったく無関心な様子だった若者——ジョールトィは、最後にひと言だけ口を開いた。

「断る」

「なっ、きみらのためを思ってるのに――」

「そういうのをよけいなお世話って言うんだろ」

「まあまあまあ」

割って入った来栖が、マールイに視線を向けて微笑《ほほえ》んだ。

「この子、けがしてるだろ。進化種の意思を優先するのが機関のモットーだけど、唯一問答無用で威力行使するのが、進化種の身の安全を守る場合。現状これに当てはまるんで、ジョールはともかくマールイは解放できないな」

ジョールトィはぎろりと来栖を睨んだ。直己は震え上がったが、来栖はまったく動じていない。

「今は薬で痛みもないけど、切れたら痛み出すよ。苦しませたくないだろ？」

やんわりと封じ手を使うところなど、ちょっと小狡《こずる》い感もあるが、味方としてはこれほど心強い者はいないと、直己は内心拍手を送った。

いや、俺ももうちょっと説得できるようにならなきゃだめなんだけど……。

「ま、あんまり深く考えないで、ちょっとしたバカンスのつもりでさ。マールイのけがが治るまで滞在しててよ」

話はこれで終わりとばかりに来栖は手を叩くと、部屋の準備をすると言って席を立った。

取り残された直己は、なにを言ったらいいのか迷った挙げ句、マールイに尋ねる。

「ミルク、おかわりする？」

ぱあっと笑顔を見せたケモ耳男児は、両手でカップを差し出した。

「もっと！」

頷《うなず》いてそれを受け取り、ひと呼吸おいてジョールトィを見る。

「ジョールもどう？」

眉間《みけん》に縦じわを寄せたまま、ジョールトィは無言でカップを突き出した。


思いがけず進化種が二頭も滞在していると知って、帰宅したメンバーは酔いも手伝い大盛り上がりだった。

我先にと会いたがったが、ジョールトィのほうがまさに野生の猛獣的に警戒と威嚇をしていたので、その晩は面会謝絶としておいた。

翌日も向こうから部屋を出てくるまで知らんふりを決め込み、それでいて誰ひとりとしてフィールドワークに出ることもなく、室内でそわそわと作業に勤しんでいた。

まず仔ヒョウ姿のマールイが姿を現し、直己にしきりとなにかを訴えるように、甘え声で喉を鳴らす。けがのせいで、ひょこひょことした足取りが痛々しい。

「お腹空いたのか？」

少しは慣れてくれたらしいのが嬉しい。昨夜のジョールトィを見る限り、進化種はある意味オリジナルの動物よりも手強いと感じて、どう接したらいいのかと懸念していたけれど、マールイはまだ幼いせいか、あまり警戒心がないようだ。人間と同等の知能も併せ持っているので、直己たちは敵ではないと認識できているのもあるかもしれない。

足にまとわりつくマールイを蹴飛ばさないように注意しながら、直己はミルクを器《うつわ》に入れてやった。

さっそくマールイは、頭を突っ込むようにしてミルクを舐《な》め始める。飲むより飛び散らしているほうが多いのではないかと思うような飲み方だ。

「あーあ、こう言っちゃなんだけど、下手だなあ」

「哺乳瓶のほうがいいんじゃないか？　野生なら、まだ母親のおっぱいに吸いついてるころだろ」

遠巻きに覗いていたメンバーに言われ、それもそうかと直己はミルクを哺乳瓶に入れて、マールイの鼻先に差し出した。

はっと顔を上げたマールイは、夢中で哺乳瓶の先に吸いつき、喉を鳴らす勢いでミルクを飲み始める。前肢を踏ん張って交互に床を握るようなしぐさを繰り返すのは、仔ネコでもよくある。

「ああ、やっぱりまだ半分赤ちゃんなんだな。人が飼育に介在すると、つい早めに皿から飲めるように誘導しちゃいますけどね」

ぽっこり膨《ふく》らんだ腹を見せて転がったマールイは、満足げに口の周りをけがしていないほうの前肢で撫《な》でては、舐めるのを繰り返す。直己を含め、それを見守る面々の眦《まなじり》は下がりっぱなしだ。

「さて、それじゃ満腹になったところで、治療と検査といこうか」

獣医師のカイルがマールイを抱き上げて、医療器具が揃《そろ》った別室へと向かう。廊下で「うおっ」というカイルの声がしたのでドア口を振り返ると、人型のジョールトィがのっそりと姿を現した。

「おはよう、ジョール。マールイは今、カイルがけがの手当てと検査をしに行ったから、心配しないで」

人の多さに面食らったようすのジョールトィに、直己は慌てて付け足す。

「みんな調査隊のメンバーだよ。カイルと来栖さんも入れて、総勢六人。きみに会いたくて、待ってたんだ」

ジョールトィは相変わらずの仏頂面だが、メンバーのほうはワクワク顔で注目している。

「なんてイケメンなの……進化種が美形揃いっていうのは本当ね」

うっとりと呟《つぶや》いたのは、紅一点のナタリーだ。ふだんはヴァレンシアの研究所に勤務している。

「それを言うなら、あの耳と尻尾の模様だろ。あれよりでっかくてくっきりしたのが、きっと全身に広がってるんだぜ」

すでに獣型の姿を想像して興奮しているのは、サンクトペテルブルクの動物園に勤務するアリヨーシャだ。

「……見たい。ていうか、触りたい……」

聞きようによってはヤバめな発言は、熊本《くまもと》の研究所勤務の大田原《おおたわら》だ。

ひととおり紹介をしたところで、直己はジョールトィに向き直った。

「朝食はどう？　俺らと同じでよければすぐ用意するよ」

「コーヒーをもらう」

すっとメンバーの前を通り過ぎたジョールトィは、昨日と同じソファに腰を下ろして脚を組んだ。

ちょっとくらい愛想よくしてもいいだろ！

なんて内心はおくびにも出さず、直己はキッチンカウンターに向かった。

進化種と遭遇した以上、少なくともデータは入手したいと、昨日のうちにメンバーの意見は一致している。今、マールイに行っている検査を、ジョールトィにも受けてもらわなければならない。それも無理強《じ》いではなく、できるだけ友好的に。

まあ、マールイの後を追っかけていかなかっただけ、信用してもらってるのかもしれないけどさ。

とりあえず人型でも進化種と対面して満足したのか、他のメンバーはフィールドワークに出発していった。検査の交渉を直己ひとりに押しつけた、とも言える。

「はい、コーヒー。それと、トーストとベーコンエッグね。付け合わせは焼きトマトと茹《ゆ》でたブロッコリー」

見た目が二十歳過ぎくらいに思えるジョールトィは、おそらく四歳くらいだろうから、野生で生きてきたとしても、これまでに人間社会とまったく接触しなかったわけではないだろう。それでも一応メニューの説明をしておく。

ジョールトィはコーヒーを半分ほど飲んだところで、渋々といった体《てい》でフォークを手にして、ベーコンから口にした。ゆっくりとした動きが次第に速度を上げ、ひと口の量も多くなる。

あ、よかった。気に入ったのかな？

少しほっとして、直己はテーブルに身を乗り出した。

「……あの、さ……食事が終わったら、検査っていうか健康診断させてほしいんだけど。ずっと野生でいたなら、見た目は元気でなんの支障もなくても、身体の内側は未知なわけだし――」

ジョールトィは最後のトーストを口に放り込んで、頑健そうな顎《あご》の動きで咀嚼《そしゃく》しながら、直己を上目づかいで睨んだ。いや、凝視した。

うわ、マジきれいだな！　なんて目の色なんだ。

窓からの光を反射して、半透明に光っている。

進化種は人型になると、その棲息地に合わせた人種の外見を持つが、ジョールトィはスラヴ系だ。数年前に東京《とうきょう》でアムールトラの進化種が生まれたけれど、モンゴロイド寄りの外見だったと聞いているから、本来の棲息地が近くてもプラスアルファの要因があるのかもしれない。

残りのコーヒーを飲み干したジョールトィは、音を立ててカップを置くと、すっくと立ち上がった。

「え？　あの――」

物思いにふけっていた直己だったが、そもそもジョールトィに凝視されていたのだったと思い出し、もしや機嫌を損ねたかと焦った。

「検査だろ。行く」

直己は拍子抜けして、先に歩き出したジョールトィの後を追う。ひとつクリアと、拳《こぶし》を握《にぎ》りしめて。

医務室では、診察台の上で毛を逆立てて唸《うな》るマールイと、困り顔で宥めているカイルが対峙していた。

「ああ、直己！　ヘルパーを頼むよ。これで最後なんだ」

どうやら採血しようとして、マールイに抵抗されていたらしい。

よりによってこのタイミングか――……。

人間だって、理由はわかっていても楽しいものではない。それが幼い進化種ときては、攻撃されたと思っても当然だ。しかしマールイも幼獣ながらアムールヒョウの片鱗《へんりん》を見せ、それが小さい姿と相まって、可愛らしいことこの上ない。

……いや、問題はジョールのほうだよ。

直己はそっと隣を窺《うかが》った。すわ愛息子《まなむすこ》の一大事と反撃に出るかと思ったが、存外冷静に状況を

眺めている。しかしマールイが歯を剥いたのを機に、ジョールトィはすっと近づいて、その首根っこを掴み上げた。

「みゅう……」

ネコ科動物の常でおとなしくぶら下がったマールイが、情けなさそうにジョールトィを見上げる。

「一瞬だ。さっさと終わらせたほうがいいだろ。それに、終わったら直己がミルクをくれるぞ」

えっ、もので釣りますか。人間と同じだな。ていうか、そういうのはよくないって、育児評論家が言ってたような気がするけど……。

進化種は獣型でも人語を解するので、マールイはキトゥンブルーの目を輝かせた。ジョールトィはそのマールイを懐に抱き直して、カイルに向かって顎をしゃくる。

優秀な獣医師は毛刈りをすることもなく、指で前肢の血管を探って、素早く採血を済ませた。

床に降ろされたマールイは、ぽやんと輪郭を歪《ゆが》ませたかと思うと、人間の男児に姿を変えて直己の手を引っ張る。

「なおきー！　ミルク！」

「あ、ああ、あげるよ。でもちょっと待って。ジョールー――」

ジョールトィの検査を見守ろうと思っていたのだが、軽く手で払われた。

「血を抜かれるくらいでビビらないから、心配するな。獣型になって、こいつを襲いもしない」

「やなこと言うなあ」

なんのかんのと言いながらも、検査は滞りなく済んだようだ。極めて優等生的かつ協力的態度だったと、カイルが褒めていた。

しかしなぜか獣化のリクエストは拒否されたそうで、アムールヒョウのジョールトィがどんなプロフィールを持っているのかは、いまだ不明だ。

進化種の能力のひとつに、数多くの言語に堪能だというところがある。調査隊は英語を共通語としているのだが、ジョールトィもマールイも直己たちの母国語に合わせて、戸惑うことなく言語を使い分けていた。

このあたりはまだ解明されていないけれど、各国へ調査に出ていても、たびたび言語の壁にぶち当たる直己としては羨《うらや》ましいかぎりだ。


翌日、カイルが早々に検査結果の出たものを発表したのだが、なんとジョールトィとマールイの間に血縁関係はないという。

「たしかなのか？」

「簡易検査だけど、念のため違う試料も使ってみた。いずれも血縁関係はナシだよ」

「へえ、珍しいこともあるもんだね。じゃあ、ジョールは我が子でもないマールイの面倒を見てるってわけか」

感心したように呟く来栖の横で、カイルも同意を示す。

「ネコ科はふつう、父親は育児に参加しないからね。群れを作るライオンですらそうで、単独行動のヒョウやトラは父親の存在が希薄だ」

「あるはずのない父性を発揮《はっき》してるのも、進化種だから――ってことか」

しかし進化種だろうとなんだろうと、冬山で子どもを抱えて生活するのは、そうとうな苦労をしていたはずだ。つねに敵の気配に注意を払い、一方で自分と子どもの分のエサを確保し――直己なら考えただけで責任の重さに気が滅入りそうだ。

それでもマールイを追いかけてきたあたり、ジョールトィは大した奴なのかもしれない。

そこへジョールトィが帰宅した。

「あ、おかえりー」

早朝からジョールトィは森へ出かけた。おそらく獣化して獲物を狩っていたのだろう。獣型をまだ目にしていないので、つい人間と同じ食事を出してしまうが、きっとそれでは物足りないのだろう。

軽く頷きを返したジョールトィに、カイルが口を開く。

「マールイはきみの子どもじゃなかったんだな」

「親子だなんて言った憶えはない」

と言いつつ視線がさまよっているのは、置いていったマールイをきっと探しているのだろう。ドライでクールな言動ほどは、冷めてもいないし優しいのだと、直己は改めてジョールトィに対する認識を新たにした。

「マールイならきみらの部屋で昼寝してるよ。ところで親子じゃないなら、どういう経緯で一緒にいるんだ？　あ、コーヒー飲む？」

返事を聞く前にカウンターキッチンへ向かうと、ジョールトィはソファに座った。情報を仕入れるための誘いに成功したようだ。

「半月くらい前に森の中で、人型で泣いてるところを見つけた。あの耳と尻尾だからな、すぐに俺と同じ——進化種か？　そのアムールヒョウだってわかった」

母親が戻ってこないかと丸一日その場で様子を見たが、気配すらなかったという。

動物の育児放棄はままあることだが、マールイくらい育ってからというのは珍しい。狩りをしに行って、なんらかの事故で戻れなくなった可能性が高い。

……あるいは、姿が変わったマールイを見て、見捨てたか……。

そう想像して、直己の胸が痛んだ。

オリジナルの動物から進化種が誕生した場合、親が子どもを拒むことは多い。オリジナルにしてみれば理解のしようもないわけで、無理もないことなのかもしれないけれど、親子の絆《きずな》が断たれてしまうのは悲しい。

それに、子どものほうは死活問題となる。動物園などの飼育下なら、人間が直接手を貸せるけれど、野生の場合は望み薄だ。

絶滅危惧種にとって希望となる進化種が誕生しながらも、同種のオリジナルによってその命が脅かされるという事態は、前々から問題とされているのだが、解決案は出ていない。

せめて直己たちのような調査隊を派遣することで、野生の進化種の保護に努《つと》めている。

「ジョールが見つけてくれて、ほんとによかった。きみは二重の意味で救世主だね」

そう言ってコーヒーを差し出すと、ジョールトィは喜ぶそぶりもなく鼻を鳴らした。

「べつに……すがってくるから放り出せなかっただけだ。ガキの一匹くらい、面倒見るのもどうってことないし。俺くらいの齢《とし》になれば、子どもがいてもおかしいことじゃないしな。ま、これもなにかの縁ってことで、あいつがおとなになるまでは見守るつもりだ」

感心を通り越して感動する直己の横で、来栖が手を叩く。

「いやあ、素晴らしいね！　うん、ジョールの気持ちは立派だ。けど、我々みたいな人間がいることも忘れないでほしいな」

カイルも大きく頷いて同意する。

「そうだよ。うちの機関はかなり利用できるぞ。なんせ『すべては進化種のために』っていうモットーだからな。きみら進化種のことを含め、これから詳しく説明するけど――」

「いや」

ジョールトィは片手を上げて遮《さえぎ》った。

「ここに厄介になるのは、けがが治るまでだ。そしたら出ていく」

「しかし、きみひとりで子育ては大変だよ。それにさっきの話だと、きみはまだ自分の子どもがいないんだろ？　マールイがそばにいたら、今後もチャンスをふいにするんじゃないかなー」

来栖の返しは保護研究機関の立場としては当然のことなのだけれど、見た目人間——耳と尻尾はあるが——のジョールトィに言うには、ちょっと踏み込みすぎではないかと、直己はハラハラしてしまう。人間なら、出会って数日の相手に子どもはいつ作るのかと干渉したりしないだろう。

「あ……！」

ふいにカイルが手のひらを拳で叩く。

「もしかしてマールイにそのつもりだとか？」

「ばっ……、ばかなこと言うなよ！」

直己は思わず声を上げた。

「なんでだよ。そういうの、日本には昔からあるだろ。『源氏物語《げんじものがたり》』とか」

「それは小説！　なんでジョールがマールイをパートナーにするつもりでいるなんて発想になるかな」

けろりとしたカイルと焦る直己をよそに、ジョールトィは怪訝《けげん》そうに首を傾げた。

「マールイはオスだけど」

すかさず来栖が身を乗り出す。

「あー、そういうことも知らないわけだ。こりゃあますます進化種についてのレクチャーが必要だな。自分のことなんだからさ。なんと！　きみたち進化種は同性間でも子どもができる。しかも、人間との子作りも可能だ」

「えっ……？」

ジョールトィの視線が直己に向いたので、真偽を問われたのかと思い、直己は慌てて頷いた。

ジョールトィは淡い琥珀色《こはくいろ》の瞳を見開き、絶句したようにソファに背中を預けた。

「そりゃあ……すごい」

「そうだろうそうだろう。実際、進化種と人間のハイブリッドは少なくないよ。つまり、アムールヒョウの美女に出会えなくても、パートナーを見つけるのには苦労しないってことだ。なにしろ人間は七十億もいるからね」

「三十五億じゃなくて？」

「だから同性でも可能だって言ったじゃないか」

「ちょっと待って、未来。年齢の制限を忘れてる。さすがにジジババや乳幼児は除外だよ」

脱線しているような話が続く間も、ジョールトィの視線はたびたび直己にとどまって、そのたびに直己はなぜか落ち着かない気分を味わった。

「みゅう」

仔ヒョウ姿のマールイが、前肢を庇《かば》いながらひょこひょことやってきて、直己の足元に頭を擦《こす》りつけた。ネコそっくりのしぐさだ。

「起きたのか。なんだ、お腹減ったか？」

「すっかり直己に懐いたな。ジョールが帰ってきたのに、目もくれないじゃないか」

ああ、またカイルがよけいなことを、と気を揉《も》んでいると、やはりジョールトィの目がつり上がっている。

もちろん甘えられるのは嬉しいけれど、やはりここはジョールトィの立場というものがあるだろう。子どもに気を回せと言っても、無理な話なのもわかっているけれど。

「あー、えっと、どうしよう？　またミルクでいいのかな？」

「それだけじゃ力がつかない。ウサギの残りがある」

「ウ……――うわあっ！」

いきなり懐からビニール袋に入った肉片を出され、直己たちは飛び上がった。

動物飼育の経験もあるからエサとしては見慣れているし、カイルなどは仕事上もっと強烈な場面にも遭遇しているはずだが、憩《いこ》いの場である食堂で生前の姿かたちが想像つく程度の血抜きをしてない物体には、やはり度肝《どぎも》を抜かれてしまう。

「ほら」

ジョールトィは肉をマールイの前に置いたが、しばらくふんふんと匂《にお》いを嗅いだ後で、不満そうな声を洩らした。

「まだその形状じゃ無理なんだよ」

「この前は食ったぞ」

それはたぶん、空腹のほうが勝って夢中だったのだろう。そのときだって実際にはさほど食べられなかったはずだ。

今は多少腹が満たされているから、食べにくいものを食べようとしないのだ。

「ま、独身男にいきなり子育てしろってのが無理な話だよね。出ていくにしても、保育を学んどいたほうがいいんじゃない？　ていうか、このままじゃパパさんに任せられないなあ」

揶揄《からか》うような来栖の言葉に、ジョールトィはむっとして眉《まゆ》を上げた。

「まあまあ、調理すればどうってことないよ。むしろ新鮮この上なくて、超ごちそうっていうか。うちで出せるのは冷凍肉だし。ジョール、この肉使っていいよね？」

直己はウサギ肉を拾い上げると、キッチンでフードプロセッサーにかけた。器に盛ってマールイの前に置くと、がつがつと食べ始める。

「なるほど、こんな裏ワザがあったのか……」

ジョールトィは面白くなさそうな表情ながらも、マールイの食事をしげしげと観察している。

「裏ワザっていうか、細かくしたり柔らかくしたりってのは、子どもの食事の基本だよ。人間だって動物だって、いきなりおとなと同じものを食べられるわけじゃないからね。ジョールだって小さいときは、親が噛んで柔らかくしてくれてただろ？」

「……憶えてない」

ふいと横を向かれ、直己は失言だったかと内心慌てた。

進化種の多くは幼獣時期に人型への変化を始めるので、ジョールトィもまた親を驚かせるような事態になっただろうと想像はつく。果たしてその結果どうなったかは知る由《よし》もないが、無事にここまで成長したからには大きな問題はなかったのだと勝手に考えていたけれど、そうではなかったのかもしれない。

……だから、マールイのことも守ろうとしてるのかな……。

仏頂面の裏の優しさが強く感じられて、直己はますますジョールトィを見直した。

「あのね……実は裏ワザ使ったんだ。肉に粉ミルクを混ぜた」

そう囁《ささや》くと、ジョールトィははっとして直己を振り返った。

「やっぱりあるんじゃねえか！」

「そういうのも含めて、勉強しようよ。マールイのパパになるんだろ。それとお願い！　獣型になって健康診断受けて。今のままじゃ、まだわからないところもあるし。マールイのためだと思ってさ」

拝む勢いで迫ると、ジョールトィはこれ見よがしのため息をついた後に輪郭を歪ませた。

「うわ、あ……」

クリーム色の地に黒い斑点模様のロゼットが、全身余すところなく散らばっている。今は冬毛で地の色が薄いが、暖かくなったらきっと鮮やかなオレンジゴールドに変わって、もっとゴージャスになるだろう。その分、冬毛は長いので、首回りの鬣《たてがみ》のように伸びた被毛もたっぷりとしている。

「でかっ……！」

カイルが驚きの声を上げた。

そう、ジョールトィは規格外に大きかった。アムールヒョウのオスはせいぜい二メートル、八十キロほどだが、目測でも二・五メートルはある。

それが派手なロゼットをちりばめているのだから、素晴らしすぎる。カッコいい、きれい、美しい、神々《こうごう》しい——と、褒め言葉も大絶賛の域に達している。

気づけば直己はジョールトィの前にしゃがみ込んで、その姿を陶然《とうぜん》と見つめていた。人型のときと同じ金色の目の中に、自分の姿が映っているのが光栄に思えてくる。

ふいにミニサイズのアムールヒョウがぬっと現れて視界を遮り、直己は我に返った。

「あ……ああ、マールイ。ごはん終わったのか」

「もうとっくだよね、マールイ」

含み笑いの来栖に、カイルも直己の前で手を振る。

「目が覚めたかい、直己。それじゃジョールを借りてくよ」

傍《はた》から見ても明らかにジョールトィに見惚《みほ》れていたと気づかれて、直己は赤くなりながらも胸中で言いわけする。

だってほんとにカッコよかったし！

カイルの後ろを悠々と歩いていく姿に、直己はまた視線を引きつけられながらジョールトィを見送った。

つんつんと背中を突かれて振り返ると、いつの間にやらマールイが人間の幼児姿で佇《たたず》んでいた。

「お、マールイ。変身できたのか」

幼いうちは、まだ自分の意思で姿を変えるのがむずかしいらしい。そもそも初めて人型に転じるのも、驚いたり興奮したりと、気持ちの高ぶりがきっかけのようだ。

「あのね、おにくおいしかったの！」

小さな両手を広げて振り回し、目をきらきらさせている。仔ヒョウ姿もたまらなく愛らしいけれど、それに劣らず稚《いとけな》い人間の子ども姿も可愛いと、直己は初めて思った。

「そうか、よかったな。ジョールが捕まえてきてくれたウサギだよ」

「ウサギはかたいよ。かめないの」

背後で来栖がくつくつと笑う。

「うん、そのうちジョールみたいに食べられるようになるよ。しばらくは今日みたいにフープロで柔らかくしてあげる」

「ふーぷろ！　ふーぷろ！」

よほど美味だったのか、耳慣れない言葉が面白いのか、マールイはそう繰り返して食堂の中を飛び回った。

「あ、気をつけろよ。前肢、じゃなかった、手をけがしてるんだから。ぶつけたりしたら、治るのが遅くなる」

「はぁい！」

返事はいいが、動きはまったく変わらない。直己は苦笑してキッチンに向かった。今日の夕食当番なので、そろそろ支度を始めなければならない。

ええと……カレーでいいかな？

冷凍庫から牛肉の塊を出すと、素早くマールイが駆け寄ってくる。興味津々《しんしん》だ。

「それ、なあに？」

「ウシの肉だよ」

「おにく!?」

すかさず手が伸びたが、びっくりしたように引いていった。

「ウシのおにく、かたいよ！　ウサギよりかたくて、つめたい！」

「凍ってるんだよ。これから解かして柔らかくするんだ」

「なおきもおにくたべるの？　カイルもみらいも？」

「みんな食べるよ。みんなの夕ご飯だ」

「パパも、ぼくも？」

「えっ？　ええと……」

直己は即答を躊躇《ためら》った。

材料はたっぷりあるし、彼らが望むなら一緒に食卓を囲むこともやぶさかではないのだけれど、ジョールトィはともかく、マールイに食べさせてだいじょうぶなのだろうか。

みんなけっこう辛党だから、ここのカレーは辛口なんだよな……。

そもそも人間の子どもは、いくつくらいからカレーを食べるのだろう。先ほど離乳食もどきを作ったが、マールイくらいのときはまだ離乳食なのだろうか。

……わからない……。

「ちょ、ちょっと待ってて」

肉を解凍する間に、直己は急ぎ検索しようと自室へ向かった。先ほどジョールトィの前で得意げに演説をぶった手前、人間の子どもに関してはわかりません、では格好がつかない。

しかしそういうときに限ってタイミングが悪く、検査を終えたらしく人型に戻ったジョールトィが、廊下をやってきた。

「直己、さっきの食事だけど、人型のときはどうすれば――」

しかもそこを突っ込むって、知ってての質問か！

直己は擦れ違いざまにジョールトィの腕を掴み、自分の部屋まで引っ張った。

「その……、すみません、俺も人間の子どもがどの程度のものを食べるのか、具体的によく知らなくて……」

珍しげに室内を見回して、鼻をヒクつかせていたジョールトィは、それを聞いて呆《あき》れたような顔をした。

「さっきは偉そうに、食は保育の基本とか言ってなかったか？」

「動物ならひととおり経験してるんだけど、人間となるとそうもいかなくて……だから、一緒に勉強しよう！」

直己はジョールトィをパソコンデスクの前の椅子に座らせると、背後から手を伸ばしてマウスを操作した。

ジョールトィは目を丸くして、次々と変わる画面を見つめている。これまで人型で人里に出るくらいはあっても、じっくり人間社会の文明に触れたことはなかったのだろう。

「これはパソコン。今、インターネットっていう見えない糸みたいなもんで、世界中のありとあらゆる情報を探ってるところ——あ、これかな？」

「……便利なもんだな。すると医務室にあったのも同じか？　俺のデータだっていうのを入れて、機関に送ったって言ってた」

「察しがいいね。そういうこと」

調べたところ、およそ三歳児に相当するマールイなら、カレーはクリアのようだ。もっともおとな用では塩分やスパイスが強すぎるから、子ども用のルーを使うとあった。

「……これでよし、と。じゃあ肉と野菜を煮たところで少し取り分けて、薄味にすればいいかな？」

子ども用のカレールーも取り寄せておいたほうがいいだろうかと考えていると、ジョールトィが直己を振り返った。

「俺は？　おとなの進化種はだめなものとか、調べないのか？」

「進化種の存在は公表されてないから、ネット上に情報はないよ。食べてヤバそうだと思ったら、やめとけばいいだろ」

「なんて待遇の差だ」

その夜、全員で囲んだ食卓にマールイは大はしゃぎで、カレーも気に入ったらしく食欲旺盛だった。

「おいしい！　みんないっしょだとおいしいね！」

直己がちらりと視線を向けると、どこで覚えたのかジョールトィがそっと親指を立てた。

「きみたちふたりで一人前ってところだから、一緒にマールイのお世話係ね」

来栖にそう命じられたのは、翌日の朝のことだった。

「それはかまいませんけど、調査のほうは――」

「その分俺が専念するよ。まだまだ進化種が見つかりそうな期待が持てるし、頑張っちゃうぞ」

たしかにジョールトィとマールイがいる以上、誰かが残るのは必至だ。ある意味フィールドワーク以上に重要な任務だった。

というわけでメンバーを見送ったのだが、いざ居残るとなにをすればいいのか迷う。

今朝のマールイは獣型だったので、鶏肉をミンチ状にして食べさせた後、ミルクも与えた。

冷凍肉だったので、解凍には注意を払った。人間用なら電子レンジでチンとやりたいところだけれど、野生動物が火の通った肉を食することはまずない。まだらに熱が入ってしまったりしたら、と考えると生肉が欲しい。

「後で出かけるから、マールイの分も持って帰る」

「ありがとう。さすがパパ、頼もしいなあ」

ジョールトィは奇妙な顔をして直己を見返した。

「……そう呼ぶのは、子どもとつがいの相手だって書いてあったぞ」

昨晩、インターネット文明に触れたジョールトィは、直己に基本的な操作を教わると、瞬く間にパソコンを使い出した。呆れるほど熱心にパソコンに向かっていると思ったら、いろいろと知識を吸収していたらしい。

「呼びかけるのはほぼそうだけど、個人を指すのに使ったりもするよ。なになにさんちのパパ、みたいに」

「ややこしいな」

「そういえばマールイは、ジョールのことパパって呼んでるよね。そう呼ぶように言ったの？」

「いや、最初からそう呼んでいた」

「へえ、どういった思考回路なんだろ。基本的にネコ科獣に父親は不在なのに」

学習しなくても言語が使えることすら謎なのだから、枝葉となる言葉づかいをどう捌《さば》いているかなんてわかるはずもない。

「子どものほうが理屈っぽくない分、素直なのか、それとも個々のセンスの問題か……」

「なんだか貶《けな》されているような気がするんだが」

「あ、やっぱり察しはいいね」

初対面時のぎこちない感じが嘘《うそ》のように、軽口を叩ける間柄になれたのが嬉しい。

「……出かける」

「お昼ご飯は食べてくる？　パパ」

「やめろ。食ってくるし、マールイにも土産を持って帰る――って言えばいいんだろ」

「うわあ、マジでパパだ」

調子に乗っていると、ジョールトィがぼそりと呟いた。

「いずれ出ていくんだから、獣としての食事を忘れられたら困る」

ジョールトィの後ろ姿を見送りながら、直己は一気に浮かれ気分が覚めていくのを感じていた。

……そっか。やっぱり機関の管理下に入るつもりはないんだな……。

そんなふうに望んで、野生に過ごしている進化種も少なくない。機関のほうとしても無理強いはしたくないので、最低限の安否確認が取れる状況であれば、進化種の意思に任せている。

ただ、ひどく残念だ。直己にとっては初めて出会った野生の進化種だから、思い入れも強くなってしまっているのだろうか。

それに、けっこう仲よくなれた気がするのに……。

そう思うのも直己だけで、ジョールトィにしてみれば、おせっかいな組織の人間のひとりにすぎないのかもしれない。

「なおきー！」

いつの間にか人型に転じていたマールイが、駆け寄ってきて膝に抱きつく。軽い衝撃を受け止めて、くりくりの巻き毛を撫でてやった。

「パパがいないー」

「あー、パパはお仕事だよ」

「おしごと？」

べそをかいたマールイの前に跪《ひざまず》いて、濡れた頬《ほお》を撫でてやる。

「そう。マールイのために狩りをしに行ったんだ。ごはんを用意するのは、親の仕事だからね」

「ごはんはなおきがつくるでしょ」

「えっと、そうじゃなくて——あ、お昼ご飯！　なにがいい？」

「カレー！」

嬉々として両手を上げるマールイに、直己は苦笑した。

「うーん、もっといろいろ食べないとだめだな。カレーはまた今度、もっと美味《おい》しいのを作ってあげる（子ども用のルーで）。今日はサンドイッチにしよう」

「さんどいっち、さんどいっち！」

どういうものかも知らずに飛び跳ねて喜ぶマールイと、ハムとキュウリ、茹で卵を挟んだサンドイッチを作って食べた。

「ばんごはんは⁉　なにつくるの？　ぼくもまたおてつだいする！」

「そうだなー、なんにしようかなー」

料理本を開くと、マールイは目を輝かせた。

「すごーい！　これ、みんなばんごはん？」

鼻先がくっつくのではないかと思うくらい、食い入るように本を見つめる。たらっと涎《よだれ》が垂れて、直己は笑いながらマールイの口と本を拭った。

「にんげんのごはんはおいしいよね！　ぼく、ごはんのときはぜったいにんげんになる！」

しばらく料理本を眺めていたマールイは、気づくと直己にもたれて眠りこけていた。直己はマールイをソファに寝かせて、毛布を掛けてやる。

この間に日誌をつけてしまおうと、自室から持ち出したノートパソコンを開いた。フィールドワークを免除されている分、マールイの観察データくらいは取っておくべきだろう。もしかしたら、また野生に帰ってしまうかもしれない進化種だ。

それはすごく、すごく残念なんだけど……。

しかし今、どんなに人間の生活を楽しんで気に入っているとしても、ジョールトィと離れてまでとどまろうとはしないだろう。

ジョールトィと一緒に機関の庇護下に入ってくれれば文句なしなのだが、カギを握るジョールトィの意思はたぶん翻《ひるがえ》らない。

来栖は、親しくなれれば可能性はあると言っていたけれど、それとこれとは別のような気がする。昨日の検査でジョールトィが四歳だと判明したが、ジョールトィにとってこれまで野生で暮らしてきたものを変えるほどの魅力や見返りがあるとは思えない。

こちら側としては安全や利便などを挙げるが、それはあくまで人間の視点であって、進化種のアムールヒョウが同じような価値観を持つとは限らない。

オリジナルの野生動物と同じように生きることが、ジョールトィにとっても自然で望ましいことなのかもしれないと、そう思ってしまうのは、出かけるジョールトィを窓から見送ったせいだろう。

今朝見送った、朝日にきらめく白銀の森を遠ざかっていく一頭のアムールヒョウ。どこにいるよりもぴったりとはまって、本来の姿だということを思い知らされた。

物音に我に返った直己が顔を上げると、人型のジョールトィが食堂のドアを押し開けるところだった。

「ああ、おかえり。マールイは寝ちゃったよ」

「肉、こっちに置いておくぞ」

ジョールトィはキッチンカウンターの向こう側で、ビニール袋に入れた獲物の肉を冷蔵庫にしまっている。保存方法まで検索したのだろうか。

「ありがとう。ジョールは――食事は済んでるんだよね。夜はどうしようかな？　きみも食べる？　マールイは絶対食べるって意気込んでたけど」

直己がノートパソコンを閉じて腰を上げると、ちょうど携帯電話が受信した。来栖からだ。

「はい、お疲れさまです。――あ、そうなんですか。――はい、わかりました。気をつけて」

通話を切ってキッチンカウンターに向かう。コーヒーをふたり分淹れて、ジョールトィにカップを渡した。

「来栖さんたち、このまま街に出て機関の出張組と合流して会議だって。あー、料理するの面倒になってきたな」

「だめ！　ばんごはんつくるの！」

いつの間に目を覚ましたのか、ソファの上で起き上がったマールイが頬を膨らませている。

「わ、聞いてたのか」

「食は育児の基本なんだろ。量も少ないし、ざっと作ればいい」

ジョールトゥィに言われて、それもそうだと頷く。

「大変だよね、世の母親たちは。毎日朝昼晩とやってるんだから。ああ、そうだ。ジョール、きみもね。狩り、お疲れさま」

ジョールトゥィは意外なことを言われたというように目を瞬き、ふいと視線を逸らした。

「べつに……狩りをするのは当たり前のことだ。自分が生きるためでもあるし」

「あのねー、これ！　これつくるの！」

マールイは料理本を引きずるようにやってきて、写真を示した。

「クリームシチュー？　具材が昨日とほぼ同じだけど。栄養的には、もっといろいろな食品を取ったほうがいいんじゃないかな……」

「これがいいー！」

しかし作り方もほぼ同じだし、カレーのように子ども用を分ける必要もない。特別料理が得意というわけではない直己としては、ありがたいメニューだ。

「よし、じゃあそうしようか。あとはイカとセロリでマリネでも作ろうかな」

「やったー！　くりーむしちゅー！」

材料を切って炒《いた》める直己の横で、ジョールトィはマールイを見守りながら、マリネ液の調合に取りかかる。

「――そう、そこにオリーブオイルね。けっこう多め――もっとだよ。いいって言うまで入れて。そしたらよく混ぜ合わせて――」

「ぼくがやるー！」

泡立て器を握りしめたマールイが、勢いよくボウルに突撃した。その弾みで、中身が半分近く飛び出す。

「うわっ、マールイ！　もっとそうっと――うっ……」

ボウルごと倒されかねないので、それを支えるジョールトィは手が空いていない。マールイのほうはすっかりご機嫌で、キャーキャー言いながら泡立て器を振り回している。

「ちょっときみたち！　さっきから飛び散ってるじゃないか。それじゃ全然足りないよ」

「きみたちってのはなんだ。俺は真面目にやってるぞ。こいつが――」

「おもしろーい！」

ぱっと振り上げた泡立て器から、マールイの頭上にオイル入りの混合液が滴る。作業台も床も飛沫だらけで、マールイが乗っている椅子の座面も油でテカテカだ。

「あ、気をつけて！　油は滑る――マールイ！」

言い終わらないうちにマールイは足を滑らせ、椅子から落ちそうになったが、すんでのところでジョールトィがキャッチした。

「おまえ、それを放せ！」

ジョールトィの髪や服もドレッシングにまみれ、もはやふたりが動くだけで、惨状が広がるばかりだった。

「ああ、もう！　料理はいいから、ふたりともお風呂場に直行！」

直己は具材を煮込む状態にして鍋をストーブに載せ、ジョールトィとマールイを浴室へ急きたてた。

「いーやーっ！　おりょうりするの！」

暴れるマールイの服を脱がせ、どうしても放そうとしない泡立て器は握らせたまま、シャワーをかける。

「いやあっ、なに⁉　なに⁉」

驚愕するマールイに、そういえば入浴もシャワーも未体験だったと気づく。

「ごめん、きれいにするだけだから、ちょっと我慢して――」

マールイは絶叫したかと思うと、仔ヒョウに変化した。大きさと形が変わったせいで、捕まえていたジョールトィがあたふたする。

「痛い！　なんで引っ掻《か》く？　おまえが悪いんだろ」

マールイを抱き直したジョールトィが、直己を促した。

「抱いてるから、このまま洗ってくれ」

「ジョールもびしょびしょだけど」

「かまわない。ちょっと怖がってるから」

だからあえてこの体勢なのだと察し、直己は素早くマールイを洗った。毛がぺったりとしてしまった仔ヒョウは、ふだんよりはるかに小さく細く見えて、脅かしてしまった分、直己はそっと優しくタオルで包んで水気を拭いてやる。

そんな直己の視界の隅で、派手な黄色のシャツがはらりと翻る。顔を上げると、ジョールトィが服を脱ぎ出していた。すでに上半身は裸で、厚い胸板と引き締まって割れた腹筋に目が引きつけられる。

うわあ、憧れのシックスパック！　カッコいい……。

思わず見とれた直己は、ジョールトィの手がブラックデニムの前立てにかかっているのに気づいた。ファスナーが下りる音を聞いて、慌てる。

「待った！　人間は人前で裸にならない！」

「そうでもないだろ。温泉とか。裸を意識するのは、性愛が関係する場合じゃないのか？　……なんだ、直己。俺を意識してるのか？」

にやりとされて、直己は頬を赤らめながら否定する。

「そ、そっちこそ自意識過剰なんだよ！　なんだよ、つまんない知識ばかり仕入れやがって。ネット禁止するからな！」

まったくなんてことを言うのだ。これで本当に直己が一瞬でも見惚れていたなんて知られたら、どうなることか。

ていうか、俺も俺だ。獣型ならまだしも、なんで人型のこいつに見惚れなきゃならないんだよ！

狼狽《うろた》えるあまり、やみくもにマールイをごしごし拭いていると、

「俺は直己の裸、見たいけどな」

聞こえた言葉に、一瞬耳を疑う。

今、なんて——。

はっと顔を上げたときには、すでにジョールトィの姿は擦りガラスの向こうに消えていた。シャワーの音を聞きながら、直己は心臓が激しく高鳴っているのを感じて、腹立たしくなる。

あっという間に世間ずれしやがって……それに振り回されてる俺って情けなくないか？　二十七年も人間やってるってのに……。

「にゃっ！」

「ああ、ごめん。痛かったか？　これもジョールのせいだからな」

そうだ。たかだか四歳、人型でも年下に見えるくせに、直己を揶揄うなんてジョールトィのほ

うが生意気なのだ。

揃ってもさもさのアムールヒョウを、直己はストーブの前に並べて、念入りに乾かしてやった。ジョールトィにも、せっかく身体を洗ったんだから被毛をきれいに整えるように促して、獣型に変化させた。

すっかり乾いて、なめらかながらふわりとした手触りになった毛並みを、直己はしつこく撫でる。もういい、と言わんばかりにジョールトィが低く唸るが、

「そう言うなよ。ずっと触ってみたかったんだ。心なしか柄もくっきりしたと思わない？」

直己がそう言うと、諦めたようにため息をついて床に寝そべった。

「は、腹も触っていいかな？」

ふわふわと白っぽい腹側の毛は、胸元で流れが逆になり、ちょうど尖《とが》ったように渦を巻いている。冬毛なので七センチはあるだろうか。背中のビロードのような感触も捨てがたいが、モフモフは獣毛の醍醐味《だいごみ》だ。

「ああ～、幸せ」

我慢できずに顔を埋めると、ふかふかで温かくて石鹸《せっけん》のいい匂《にお》いがする。ジョールトィはぎょっとしたように顔を上げたが、なにしろ直己を優に上回る体重の巨体なのでびくともしない。

しかし隙間に頭を突っ込んできたマールイに押し返され、しかたなく身を起こした。

「はいはい、マールイのパパだよな。やきもち焼くなよ」

ぱたりぱたりと床を叩くジョールトィの尻尾に、マールイは全身でじゃれついている。ネコ科の動物によく見られる行動で、微笑ましいと同時にちょっと羨ましい。

「自前の猫じゃらしかよ。あ、ちょっと待ってな」

直己は抽斗《ひきだし》から適当な紐《ひも》を取り出して束ね、それをペンの先に括《くく》りつけた。

「マールイ、ほら！　楽しいぞー」

床の上で軽く跳ねさせると、マールイは目を爛々《らんらん》とさせて体勢を低くする。一人前に獲物を狙《ねら》うしぐさだ。後ろ肢で小刻みに足踏みするようにしながら腰を振って、ダッシュ。少しだけ触れさせてから手作り猫じゃらしを振り上げると、つられるように宙に飛び上がった。

「んにゃっ！」

空振りで着地し、不満げな声を上げながら左前肢を振る。

「あ、ごめん！　けがしてるんだった」

回復が遅れたら、なんのための保護かという話になる。直己はあまり興奮させないように、猫じゃらしを床で滑らせる程度にとどめた。

左右にゆっくりと動かすと、マールイはそれに合わせて頭ごと動かし、飛びかかるタイミングを計っている。愛らしいやらおかしいやらで、笑いを嚙み殺していると、マールイの背後で寝そべったままのジョールトィも、視線を左右に動かしている。瞳が大きくなって、つられているのがバレバレだ。

手を止めると、ジョールトィははっとしたように我に返って、その様子に直己はたまらず吹き出した。

ジョールトィは人型に転じ、上体を起こして気まずそうに咳払《せきばら》いをする。

「……反則だ」

それでもちらちらと猫じゃらしを盗み見ているあたり、やはりネコ族にとってこれはそうとう蠱惑的《こわくてき》な代物らしい。

「ごめんごめん、まさかきみまでそんないい反応を見せてくれるとは思わなくて――あ、夕食どうしようか？　マールイはこのままなのかな？」

とりあえずジョールトィが狩ってきた肉を細かくしてマールイに与え、その間にキッチンを掃除して料理の続きに取りかかった。

「くりーむしちゅーもたべるの！」

「あれっ、いつの間に……」

シチューやマリネを皿に盛って、スライスしたパンと一緒にテーブルに並べているところで、人型になったマールイに気づいた。マールイはクッションを重ねた椅子の上によじ登って、食卓を囲む気満々だ。

「そんなに食べてだいじょうぶか？　まあ、食欲があるのはいいことだけど」

軽く小皿に盛ったシチューを、けっきょくマールイはきれいに平らげた。

さすがに満腹になったらしく、その後はジョールトィの膝の上でうとうとしていたが、来栖たちが帰ってきてまたはしゃぎ出した。

「ただいまー。マールイ、いい子にしてたか？」

カイルに頭を撫でられて、迎え出たマールイはぴょんぴょんと飛び跳ねる。

「あのね、おりょうりしたの！　くりーむしちゅーつくったんだよ！　おいしいの！」

「まあ、すごい！　料理男子はモテるのよ」

ナタリーにハグされて、マールイはご機嫌だ。

「マールイ、お土産だよ」

アリョーシャが差し出した紙包みに、マールイは目を丸くする。

「おみやげ？　ぼくの⁉」

ナタリーに手伝ってもらってリボンと包装を解くと、出てきたのはパジャマだった。ヒョウ柄の。

「寝るときに着る服よ、パジャマ。可愛いでしょう？」

「ぱじゃま！　ぱじゃま、かわいい！　かっこいい！」

いや、ヒョウ柄の幼児パジャマって、どうなんだ……ていうか、どこで見つけてきたんだ？

日本じゃまず売ってないぞ、たぶん。

直己は半眼になりながらも、まあマールイが喜んでいるならいいかと見守る。

「はい、ジョールにも」

大田原が差し出したのは、やはり似たような包みだった。もう中身は想像がつくが、ジョールトィも同様だったらしい。

「あっ、ぼくがあけてあげる！」

包みを開くこと自体も楽しいようで、マールイはきゃあきゃあ言いながら取り出したパジャマを、ジョールトィに突き出した。

「はい、ぱじゃま！　おんなじだよ！」

「きみら、最初からお揃いの柄だけどね」

ぼそりと呟いた来栖に、カイルがぷっと吹き出す。

「……これを着ろ、と……？」

眉をひそめてパジャマを見下ろすジョールトィに、直己は慌てた。

「いや、べつに必要なければ着なくていいし！」

「なんだ、直己。裸で寝ろってか？」

「そんなこと言ってないだろ、アリョーシャ！」

バスルームでの一件がふいに蘇《よみがえ》って、必要以上に力強く否定してしまう。

「だいたい進化種って、服ごと変化するじゃないか。その服がいちばんいいのかなって思っただけで――」

「パパー、おきがえしよう。ぱじゃまでねよう」

焦った直己が言いわけしている間に、ジョールトィはマールイに引っ張られて、食堂を出ていった。

ほどなく彼らの部屋から、マールイの騒ぐ声が聞こえてくる。

「ふたりとも着てるのかしら、パジャマ」

「着なきゃマールイが納得しないじゃないか」

「……見たい。見たいなあ」

直己は呆れてメンバーを見回した。

「みんな、調子に乗りすぎ。そういえば、会合はどうでした?」

ハバロフスクにある保護研究事務所の所員が、転送された報告書を見て慌てて飛んできたらしい。ベースキャンプでジョールトィたちと対面したいというのを、来栖たちがどうにか街での報告にとどめたのだ。

「うん、報告だけ。保護下に置けるかどうかは五分五分だから、はっきりするまで刺激するなって釘《くぎ》を刺しといたよ」

「そうですか」

直己はほっとする。

「よかれと思って、ついつい勢いづいちゃうんだよね。機関の存在自体が進化種のためっていう名分だし、実際尽くしてるつもりでいるけど、それもまたこっち側の見解だから。果たしてほんとに進化種たちがいいと思ってるかどうかは謎だよね」

ときおり自分が属する機関に対して否定的とも思える発言をする来栖だけれど、直己は彼こそが冷静に状況を見ているようにも思う。進化種のために一生懸命すぎる職員たちを、先走らないようにうまく手綱《たづな》を捌いていているというか。

ふと軽い足音が近づいてきて、パジャマを着たマールイが食堂に現れた。

「あらー、可愛い！」

「似合うぞ、マールイ」

口々に褒められて、マールイは得意げに胸を反らす。

さすがにジョールは来ないか……。

そう思っていた直己の手を、マールイが引っ張る。

「なおきも！　いっしょにねよう」

「えっ、俺も？」

アリョーシャがひゅうと口笛を吹く。

「ベッドに誘われるなんて光栄じゃないか、直己。断る手はないな」

「羨ましいわ」

「なに言ってるんですか。ていうか、まだ片づけが――」

「やっておくよ。親交を深めてきてくれ」

満場一致で見送られ、直己はマールイに手を引かれて廊下に出た。

マールイだけならともかく、ジョールもいるんだよな、当然。

部屋に入ると、ジョールトィがベッドの上にいた。

「うわっ……」

やはりというかなんというか、ジョールトィもパジャマを着ていた。おとな用は素材もサテン風で、なんだか妙に色っぽい。もともとジョールトィはめったに見ないような美形だから、こんな格好をすると、見ているほうがどぎまぎしてしまう。

「……なんだよ?」

軽く睨まれて、直己は両手を振った。

「いや、よくお似合いで……耳と尻尾がご愛嬌《あいきょう》だね」

そう、それがあるから、進化種なのだとどこか安心する。

「ごめんね、マールイにせがまれて。眠ったら退散するから、ちょっとだけ我慢して」

「べつに……どこで寝たって変わらないだろ。泊まってけばいい」

……それはどういう意味……? いや、意味なんかないんだろうけどさ。

言葉そのままで、裏になにも含んでいないのだとわかっていても、こんなセクシー男子に言われると、妙に意識してしまう。

「さっ、マールイ、寝ようか! 今日は宵っ張りになっちゃったもんな!」

あえて無遠慮に、マールイとベッドにダイブする。はしゃぐマールイを抱き竦めて、目を瞑《つむ》った。

「みんないっしょだとたのしいねえ」

マールイの声に、目を閉じたまま頷く。

うん……なんだか今日は楽しかった。大騒ぎだったし、子育てって大変だけど、こういう親子っていいな。俺もいつかは同じようになりたい。

わずかにベッドが軋《きし》んで、ジョールトィも横たわったようだ。マールイは電池が切れたように眠りに落ちたらしく、温かな身体から力が抜けて、すうすうと寝息が聞こえる。

こんなふうに誰かと一緒に眠るなんて久しぶりのことで、逆に眠れるだろうかと思ったけれど、意外に早く意識が遠のいた。

ふかふかの毛布に包まれているような、夢を見た気がする。

朝方、窓の外でどさりと雪が落ちた音に目を開くと、直己は仔ヒョウを抱きかかえ、大きなヒョウに包まれるようにもたれていた。

うわっ……なにこれ⁉　なんのご褒美？

かつてない至近距離でアムールヒョウの顔を見つめ、その隅々まで完璧な造作に感動した。こんなに美しい生き物がいるだろうか。神さまが創った最高傑作だ。

そのときゆっくりとジョールトィの瞼《まぶた》が上がり、青白く薄暗い中でもくっきりと鮮やかな琥珀色の目が現れた。

はっとして口を開きかけた直己の鼻先を、ジョールトィはぺろりとひと舐めし、また寝入ってしまう。

……な、なななんだよっ……!?

寝ぼけていたのだろうか。マールイの匂いがするから間違えた？

おそらくそんなところだろうと、直己は激しく打ちつける鼓動に思わず胸を押さえる。

慌てるな焦るな。べつにひとつも悪いことじゃない。もし俺とわかってたとしても、それくらい信用してくれてるっていうか、好かれてるってことだし……。

多くの動物にとって舐めるのは、相手に気持ちを許し、好ましく思っていることの表れだ。そう考えれば嬉しい。ドキドキするのは、興奮のあまりだ。

ベースキャンプの玄関先に、いびつな形の雪だるまが出来上がった。

「あとは木の枝で腕を作って、服のボタンは石ころかな？」

「えだといしころー！」

マールイは寒さにほっぺたを真っ赤にしながらも、嬉々として走り出した。木の枝をもぎろうとしているが、力が足りなくてうんうん唸っている。

「俺がやるから、おまえは石を探してこい」

ジョールトィが音を立てて枝を折るのを見て、マールイは地面の雪を蹴散らして、石を探し始めた。

昨日、カイルから順調に回復しているからと、雪遊びの許可が出たのだ。

屋内で退屈していたマールイに、人間の文化や風習を教えるのを兼ねて絵本をダウンロードして見せたのだが、その中に雪遊びの光景が描かれていて、しきりにやりたがっていた。

「なおきー！　はなは？　ニンジンだったよ！」

「はいはい、ニンジンね。今、取ってくるよ」

帽子代わりのバケツもあったほうがいいかな？

なにしろ雪だるまを作るのなんて、子どものとき以来だ。きれいな雪玉を作るのは、意外にむずかしい。力はあるジョールトィも、初体験なので手際が悪い。

不格好な雪だるまになったが、それでも大喜びのマールイを見ていると、せめてドレスアップくらいはしっかりやってやりたい。

「はい、ニンジン。あと、これが帽子ね」

ジョールトィに抱き上げられて、雪だるまの顔にニンジンを押し込んだマールイに、直己は続けてバケツを渡そうとした。

「みみがないよ。しっぽもない」

「えっ？」

なるほど、この雪だるまには自分と同じような耳と尻尾がないと、マールイは言っているのだろう。

「絵本の雪だるまにもなかっただろ」

ジョールトィはそう言ったが、マールイは納得していない様子だったので、直己は足元の雪を掻き集めた。

「ほんとだ、作らなきゃな」

雪だるまの頭の上に雪の塊を載せ、三角に尖らせる。

「みみができた！　パパ、しっぽも！」

「あ？　ああ……」

せがまれたジョールトィも雪を掬《すく》い上げて、雪だるまの背後から長細く形作ろうとするが、何度やっても途中で崩れてしまう。

……あれ？　やっぱり不器用？

「……才能がないらしい」

横を向く顔は無表情だが、けっこう落ち込んでいるようでおかしくなった。

「えーっ、パパぁ……」

マールイの容赦ない非難に、ジョールトィは大きな背中を丸める。

「いやいや、雪で作るのはむずかしいよ。ロープの切れ端とか——あっ！　あれがよくない？」

目に留まったのは、大木の枝先から垂れ下がったつららだ。ちょっと高い場所にあるから、ジョールトィに取ってもらえば面目躍如《めんもくやくじょ》だろう。

「つらら！　あれがいい！　パパ、しっぽとって！」

ジョールトィは立ち上がると手を伸ばし、つららを折り取った。それを受け取ったマールイは、雪だるまのお尻のあたりに突き刺す。

「できたー！　ゆきだるまー！」

やれやれと息をつく直己とジョールトィに、小さな雪玉が投げつけられる。実際には飛行距離が全然足りず、また握り方が甘くて途中で分解してしまうものだったけれど、マールイは大はしゃぎだ。

「ゆきがっせんだよ！　あたったからまけー！」

絵本を見ながら、一応大まかなルールを教えてあった。

「当たってないだろ」

「しーっ、そういうこと言わない！　ほら、倒れて！」

直己がそう囁くと、ジョールトィは演技過剰にもんどりうって倒れた。そばにあったバケツを思いきり蹴飛ばしてしまい、弾かれたそれが雪だるまの緩く差し込まれていたニンジン鼻を落とす。

「ああっ、ゆきだるまのおはな！」

間が悪いことに、ニンジンが真っ二つに折れてしまった。ニンジンの在庫はもうない。あるのはカット済みの冷凍野菜だけだ。

ニンジンを拾い上げてしゅんとするマールイに、直己は慌てて駆け寄った。

「だいじょうぶだよ、マールイ！　ほら、まだこうやって刺せるから――」

半分のニンジンを突き刺すと、マールイは雪だるまを気の毒そうに見上げる。

「はながちいさいよ……なおきみたい」

なんだそれは！　俺の鼻が低いってことか！　ああ、そうでしょうとも！　きみたちはピーナツが縦に入りそうな鼻の孔してるもんな！　でもそれは、単なる人種の特徴だから！

ジョールトィがフォローもなく肩を震わせているのが、よけいに腹立たしい。

「ねえ、なおき。ながいニンジンは？」

「ありません！」

ついむきになって言い返してしまい、べそをかいたマールイに慌てる。

「あっ、じゃあ次はあれに乗ろうか？」

マールイの気を逸らそうと、直己はスノーモービルを指さした。

「くるま！　くるまだよね？」

「スノーモービルっていうんだ。タイヤじゃなくてスキーがついてるだろ？」

「スキーのくるま？　のる！　のりたい！」

直己はエンジンをかけて、マールイを膝の間に座らせた。

「ジョールも乗らない？」

「いや、俺はいい」

手のひらを見せるジョールトィは、少しスノーモービルを怖がっているようにも見える。子どもゆえの無邪気さで、物怖《ものお》じせずに順応性が高いマールイとは違うようだ。

「――ていうか、あまりそういうものに慣らさないでくれ。ここを出たら、縁がなくなるんだから」

……あ、そういうこと……。

やはりジョールトィの気持ちは変わらないらしい。直己はちょっと気落ちしながら、スノーモービルをゆっくりと走らせた。

「はやい！　はやいね！　つめたーい！　なおき、もっと！」

「おとなになったら、マールイのほうがもっとずっと速く走れるよ」

「ほんと？　きょうそうできる？」

「そうだな……」

ジョールトィがずっと目で追っているのに気づき、直己は早々にスノーモービルをUターンさせた。

「ええーっ、もうおしまい？」

「今日はずいぶん遊んだだろ。ほっぺた真っ赤だし、鼻水垂れてるぞ。風邪ひいたら大変だ。中に入ってあったかいココアでも飲《ひ》もう」

ココアという単語にちょっと惹かれたように見えたマールイだったが、かぶりを振って駆け出した。

「やだー！　もっと遊ぶ！」

「こら、マールイ」

ジョールトィに首根っこを掴まれそうになって、マールイはとっさに仔ヒョウに変化した。

「あっ、こういうときに限ってタイミングよく……」

マールイは近くの木によじ登って、ちらりとこちらを振り返った。どこか得意げだが、まだけがが完治したとはいえない。途中で落ちたりしたら大変だ。

「マールイ！　待って！」

直己が木に向かうと、マールイは再び加速して上へと向かった。根元の幹が直径二十五センチもないくらいのカラマツで、すでにマールイの登る動きにつれて、上のほうの枝から雪が落ちてくる。

落雪を避けようと横に伸びる枝に進んだマールイに、直己は慌てて幹を掴む。

「マールイ！　そっち行っちゃだめだ！　枝が折れる！」

直己に捕まると思ってか、マールイはさらに枝先へ向かう。さすがに重さで枝そのものが大きく撓《しな》り、マールイはしがみつくように縮こまった。

「だから言わんこっちゃない。ほら、戻っておいで。ゆっくりでいいから」

しかしマールイは怖気《おじけ》づいてしまったらしく、みぃみぃと鳴き始める。とても戻ってこれそうになかった。

「ああもう！」

直己はすぐさま両手でカラマツの幹を掴み、足をかけて登り始める。幸い中心の幹はしっかりしているが、直己が登る振動が伝わるらしく枝が小刻みに揺れて、雪がはらはらと落ちた。マールイの鳴き声がいっそう大きくなり、直己はそれに急かされるようにどんどん木に登っていく。

「うわっ……」

ふいにぐらりと全体が揺れ、直己は幹にしがみつく。マールイのほうは、この世の終わりのような声で鳴き叫んでいる。

安定を求めて手の位置を変えると、さらにぐらりとした。

「うっそ、なんで？　こっちを掴んだら、揺れないはずだろ……」

幹の中心に対する重量配分のバランスだと、冷静になればわかるのだけれど、直己も追いつめられた気分でパニクっているので、焦ってまた別の枝を掴んでしまう。

「うわあっ！」

さらに幹が傾いで、直己はナマケモノのように木にしがみつく体勢になった。

「……ジョール！　どこ⁉」

どうにもならないと認め、直己は絶叫する。

「下だ」

意外にもあっさりと返答があって、ほっとすると同時にイラッとした。

「いるなら早く助けろよ！　考えてみたら、俺よりきみのほうがずっと木登りは得意じゃないか！」

叫んでいる間にも、どんどん手が痺《しび》れてくる。仕事がフィールドワーカーだから、決して運動不足ではないはずなのだが、木登りは使う筋肉が違うらしい。

そんなことより、自分はともかくマールイだ。

「マールイが落ちる！　受け止めて！」

「任せろ」

その返事に安堵《あんど》してしまったのか、もう限界だったのか、直己の手が枝を離れた。

地上せいぜい十メートル、下は雪だから悪くて骨折、命をなくすことはあるまいと、一瞬の間に考えていた直己だったが、落下の衝撃は思ったよりもずっと少なかった。

「……え……？」

というか、地面はもう少し下なのではないかと、青空とカラマツの枝を見上げて違和感を覚えた。そこにぬっとジョールトィの顔が割り込んでくる。

「だいじょうぶか？」

「ええっ⁉」

つまりジョールトィに受け止められたと、そういうことか。

「あ……ありがと。うわあ、よく受け止められたね。そっちこそだいじょうぶ？　さすがに重かっただろ」

身長が十センチは違う分、体重もジョールトィよりずっと軽い直己だけれど、ただ抱き上げるのとはわけが違う。落下の勢いでけっこうな重力がかかったはずだ。脱臼《だっきゅう》などしていないようでよかった。

そこでまだ抱きかかえられたままだと思い出して、直己はわたわたとジョールトィの腕から下りる。

「まあ、無事でよかった」

ジョールトィの言葉に頷きかけた直己は、はっとした。

「違うって！　助けてほしかったのは、俺じゃなくてマールイで――」

「どう見ても直己のほうが危なかった」

それはそうかもしれないし、実際に直己のほうが先に落ちたわけだが――。

「マールイ！　今――……あ……」

慌てて木を見上げた直己は、先ほどの場所からマールイの姿が消えていて、肝を冷やした。し

かし視線を下方に移すと、仔ヒョウが後ろ向きにそろそろと幹を下りてくる。

……自分で下りられたのか……よかった……。

力が抜けてよろめきそうになった直己の身体を、ジョールトィが後ろからしっかりと支えてくれる。

今しがたのキャッチもそうだけれど、なんて力強くて頼もしいのだろう。安心して収まりかけていた鼓動が、またしても高鳴りだす。

いや、ちょっと待て。なにドキドキしてんだよ？　そりゃあたしかにカッコよかったよ。俺には真似できないよ。だからってドキドキはないだろ。

最後の一メートルほどを、幹を蹴るようにして飛び降りたマールイは、直己たちのほうへ駆けてくるとくしゃみをした。

「あっ、大変だ！　さあ今度こそ帰ろう！　マールイ、競争だ！」

ジョールトィの顔が見られなくて、直己はマールイと一緒に駆け出した。


「おおー、今夜はごちそうだな」

調査から戻ったメンバーの分も合わせて用意した夕食は、ローストビーフと山盛りのマッシュポテト、クラムチャウダーに温野菜のバーニャカウダという、直己にとっても初挑戦のメニューだった。

曲がりなりにも木からの落下を救ってくれた恩人ということで、お礼に夕食のリクエストを受けつけたのだ。内心、「なんでもいい」と言ってくれるのを期待していたのだけれど、ジョールトィは料理本を隅々まで読みふけって、件《くだん》の料理を注文した。

料理本にはピンからキリまでの家庭料理が掲載されているのだが、まさかピンを中心に選ばれるとは思っていなかった。

材料がないという言いわけは、これまでに冷蔵庫や貯蔵庫を覗かれているので通じない。むしろ、ある材料で作れるものをリクエストされた節もある。

『写真どおりのものができるとは限らないぞ』

と言い置いて、直己は調理に取りかかったのだが、幸い大きな失敗はなく出来上がったようだ。

ローストビーフなどは、上出来と言っていい火の通り具合だと思う。

「あのね、パパがなおきをだっこしたの。だからなおきはごちそうつくったんだよ」

ローストビーフを切り分けていた直己は、手元を大きく揺らし、断面がでこぼこになってしまう。

「まあ、羨ましい。私もジョールにお姫さま抱っこしてもらいたいわ」

「うーん、直己を抱き上げるより力が必要なんじゃないかな」

「それアウト！　セクハラで訴えられますよ」

「仲よしなのはいいけど、ちゃんとマールイの面倒も見てるんだろうね？　ていうか、教育上よろしくない行為は慎んでくれよ」

口々に言い合うメンバーに、直己は手荒くローストビーフを給仕しながら訂正する。

「違います！　木から落ちそうになったのを、キャッチしてもらっただけですから！　勘違いしないでください。それも平然と。ジョールも黙ってないで、なんとか言ってくれよ」

「直己はいい匂いがした」

平然と肉を口に運ぶジョールトィの隣で、カイルがワインにむせる。

来栖が感心したように口を開いた。

「ああそれ、進化種がよく言うんだよね。同種に限らず、特定の相手にフェロモンを感じるらしい。相手のほうもそうみたいなんだけど、尾賀さんどう？」

「ななななにを言ってるんですか、来栖さんまで！　ないですよ、そんなの！」

慌てて否定した直己だったけれど、実は抱き止められたときに、なんとも胸が騒ぐような匂いを嗅いだ気がしていた。

しかし木から落ちるという非常時だったし、マールイのことも心配で、気に留める暇もなく流してしまったのだけれど。

じゃあ、あれがそうってことか？　いやいや、いくらなんでもそれは……。

だいたいジョールトィの言い分だって定かではない。家ネコなどは、ヒトのある種の体臭に妙に反応することもあるというし、それじゃないのか。あのときは気が動転して、変な汗をかいていたと思う。

では直己のほうは、という話になるが、それだって間違いなくジョールトィから発していた匂いかどうかはわからない。

「おにくおいしい！　あかいところがおいしい」

「お、おおー、さすがアムールヒョウだな！」

マールイのほうがよほど話題逸らしが巧《うま》いと感謝しながら、直己は乗った。

そうだ。いい匂いというのも、そっち関係とは限らないではないか。マールイはローストビーフが焼き上がる間、しきりに「いいにおい」を連発していた。

それはそれで、食ったら旨《うま》そうって話になるけど……ああもう、考えるのはやめだ！

「えっと、ジョールはどう？　お望みのローストビーフ——もどきかもしれないけど」

基本ジョールトィは自分で狩った獲物を主食としていて、人間の食事は出されれば軽く口をつけるという感じだ。

今夜の料理もリクエストしてもそうなるだろうと思っていたのだが、見ればローストビーフの皿が空になっている。

「……おかわりする？」

「もらう」

差し出された皿を、直己は口元を緩めて受け取った。

成長期のせいなのか、それとも個体差なのか、マールイは人間生活に順応性が高く、また興味も強く、なんでもやりたがる。

「……魔の三歳児って、こういうことかな?」

直己は壁一面の落書きを、洗剤を含ませた雑巾で擦りながら、ため息交じりに呟いた。

連帯責任だと、ジョールトィにも雑巾を渡したのだが、直己の後ろで顎に手を当てて落書きに見入っている。

「これはなんだ……?」

「雪だるまじゃないの? そっちのがスノーモービル」

絵日記なら、ちゃんとノートに描いてほしい。

洗濯室のほうからブザーの音がして、直己ははっと顔を上げた。

「あれ、洗濯機のブザーだ。まさかマールイ……」

慌てて廊下に飛び出す。ドラム式の洗濯機に、子どもが閉じ込められたりする事故のニュースが、直己の頭をよぎる。

「マールイ！」

洗濯室に駆けつけると、マールイは洗濯済みのシーツやタオルを引っ張り出して、乾燥機に押し込んでいる最中だった。

「なにしてるんだ！」

「おせんたくだよ。おてつだいするの」

「そんなことしなくていい！」

思わず大声を出してしまい、マールイはタオルを握りしめたままべそをかいて後ずさった。

「ああ……ええと……」

こういうときは、どうするんだっけ……幼くてわからないかもしれなくても、ちゃんと言い聞かせて、いちばん大事なポイントを約束させる——だったか……。

「あのね、マールイ」

直己はしゃがみ込んで、マールイと視線を合わせた。

「お手伝いしてくれるのは嬉しい。けど、洗濯機や乾燥機を弄《いじ》るのは危ないんだ。マールイも一緒に洗われちゃうかもしれない」

「えっ！」

つぶらな瞳が見開かれ、恐々と洗濯機に視線を移す。

「そうならないように、洗濯機を使うときは俺と一緒にやろう。自分だけでは触らないって、約束できるかな?」

　直己が小指を立てた手を差し出すと、マールイは首を傾げる。

「なあに?」

「ゆびきり。指同士を繋《つな》いで、約束するんだよ」

　マールイはしばらく小指だけを立てようと苦心し、ようやく立てたそれを得意げに突き出した。

直己が繋ぐと嬉しそうに目を輝かせる。涙はこぼれる前に引っ込んだようだ。

「ゆーびきーりげんまん、嘘ついたら針千本呑《の》ーます♪」

　そう言って指を離すと、マールイはしげしげと自分の手を見つめていたが、ふと顔を上げる。

「はりせんぼんってなあに?」

　直己は棚から裁縫箱を下ろして、ふたを開けてマールイに見せた。

「これが針で、こっちが糸。服はこれで布を合わせて縫ってるんだ。これが針十本、千本もここにはないね。……これくらいかな?」

「なかったら呑めないよ」

「約束破るつもりなのか? だいたい針なんて、一本だって呑んだら大変なことになる。触ってみて。そっとだよ」

　直己が針山から抜いた針を差し出すと、マールイの小さな指が先端に触れた。

「いったーい! いたい!」

指を引っ込めながらも、興奮して大はしゃぎだ。

「じゃあ、げんまんは？」

「げ、んまん……？」

そういやなんだろ、げんまんって。そういうもんだと思ってたから、特に疑問も持たずに来たけど……。

マールイは言ってみれば外国人の子どものようなものだから、素通りしがちなところに引っかかるのだろう。あるいは探究心旺盛というか。

「ねえ、なあに？　げんまんってなあに？」

「ええと――あっ、危ない！　針しまうからちょっと待って……」

といっても片づけたらまた追及されるわけで、どう答えたらいいのか。

「拳骨《げんこつ》一万発ってことだよ」

ふいに直己の後ろから伸びた拳が、マールイの眼前で止まった。

「パパ！　げんこつ？　いちまんぱつ？」

「そう。朝から昼くらいまで、こうやって叩かれる」

「やだあ、そんなのいたいよ！」

頭を抱えて、たたたと逃げ出すマールイは、それでもやはり楽しげだ。

「約束を守るのは、そのくらい大事だってことだ」

ジョールトィの説明に聞き入っていた直己は、しっかりした父親ぶりに惚れ惚れとしていた自分に気づいた。

……いや、それは置いておいて。

最近どうもジョールトィのことを意識してしまう。アムールヒョウの姿は言うに及ばず、人型でいてもなんてカッコいいんだろうと、見惚れてしまうのだ。

見た目に惹かれたのは最初からだったけれど、子育てで意見を交わしたり、マールイを交えて遊んだり、食事したりするのがとても楽しい。

「すごいね、ジョール。なんでそんな言葉知ってるの？」

努めて平静を装って尋ねると、ジョールトィは素っ気なく答えた。

「ネットで調べた。人間の風習は興味深いな。ていうか直己、日本人なんだから、拳万《げんまん》くらい覚えておけ」

「……っ……すみません……」

返す言葉もない直己だった。

マールイのなぜなにどうして攻撃が日に日に活発になってきて、直己が少々ぐったりするようになったころ、来栖が選手交代を申し出た。

「鉄は熱いうちに打て、ってね。この機会に幼児教育をしてみようと思って。いったん野生に戻るにしても、成長してマールイ自身が人間社会と関わりたいと思うかもしれないだろ？　そのときに戸惑うことがないように。誰かさんみたいね」

来栖がちらりと目を向けると、ジョールトィがむっとした。直己は慌ててフォローに回る。

「そ、そんなことないですよ。ジョールだってガンガン情報を仕入れてますって。ちょっとしたネット中毒並みに、パソコンに齧《かじ》りついてますから」

「直己、それは褒め言葉になってない」

「褒めてるつもりもないよ。だいたいきみ、マジでネットやりすぎだから。勉強したけりゃ本を読みなさいよ」

「ネットのほうが手っ取り早い」

「そんな現代っ子みたいなこと言って」

「まあまあまあ」

今度は来栖が仲裁に入る。

「その話はふたりでやってくれ。好きなだけ時間があるから。尾賀さんには調査に出てもらって、ジョールに付き添ってもらう」

「えっ、ひとりでもだいじょうぶですよ」

他のメンバーは昨日から、キャンプをしながらの遠征に出かけている。直己ひとりのフィールドワークなら、そう遠くまで行くこともないから、単独でも問題ない。

「そうはいきません。大自然に対して人間ひとりの力なんて、過信しないほうがいい。せっかく現地案内人がいるんだから、頼らない手はないだろう」

原則、調査はペアで行うように指導されていることもあり、これ以上反論できず、直己はジョールトィを振り返った。

「悪いね、ジョール。マールイのそばにいたいだろ？」

しかしジョールトィは首を振った。

「直己のほうが危なっかしい」

……そうでしょうとも。

木から落ちてキャッチされた身としては、言い返せない。

雪が降り出しそうな曇天だったが、こういう天候のほうが野生動物の動きは活発になる。直己とジョールトィは最小限の荷物を携えて、森の中に分け入っていった。

「ちょっと出ない間に、ずいぶん積もったな」

膝近くまで雪に沈む足を前に運ぶのは、けっこうな重労働だ。この辺りはこれからさらに雪深くなるので、フィールドワークに出られるのもあとわずかだろう。そう思うと、ぜひとも成果を持ち帰りたいと、森の奥へと進んでいく。

「あっ、テンだ！」

大木の洞《うろ》にちょこんと顔を覗かせているのは、すっかり淡い色の冬毛に変わったクロテンのつがいのようだ。

じっとこちらを見返す視線は、直己でなくジョールトィに向いている。もしかしたら本能で、人型のジョールトィが天敵のアムールヒョウだと察しているのかもしれない。

「狩りたいとか思ってる？」

直己が囁くと、ジョールトィは鼻で笑った。

「小物だ」

内心ほっとして、直己はクロテンが潜む大木を通り過ぎた。

野生のアムールヒョウが狩りをするのは当たり前のことだし、実際に獲物を持ち帰ってもいるのだが、現場の目の当たりにするのはまた違う。生きるためだという理屈はわかっているし、嫌だというわけでもないけれど、単純に視覚的な刺激が強すぎる。

「ジョールはもともとこの辺りが縄張りなの？」

「いや、山ふたつくらい北だな。他の奴の気配がなければ、少しずつ移動する」

「これまでに、マールイ以外のアムールヒョウに会ったことはない？」

返事の代わりに首が横に振られた。

野生のアムールヒョウが五十頭ほどしか確認されていない現状を考えると、それも無理のないことなのかもしれない。場合によっては、同種に会うことなく一生を終える個体もいるのではないだろうか。

それって寂しい……よな。

そう思ってしまうのは、人間の勝手な考え方なのだろうか。

しかしオリジナルでなく進化種の場合は、そんな感情を持っても不思議はない。

これまでジョールトィを見てきて、かなり人間的な意識も持ち合わせている気がする。きっと寂しいという感情も理解しているだろう。

マールイを保護したのも、幼子を捨て置けない気持ちはあっただろうけれど、同種に巡り合って寂しさが癒《い》やされた部分もあるのではないか。

来栖はマールイだけでも引き止めたいと考えているようだが、きっとジョールトィが手放さない。

直己も、ジョールトィを寂しがらせるのは嫌だ。

となると、ジョールトィにも、いずれマールイにも、人生を共にする伴侶《はんりょ》が見つかればいい。

これまで物理的な出会いがなかっただけで、ジョールトィならきっとモテると思うのだ。身体も飛び抜けて大きくてローゼットも美しいし、狩りも巧い。イケメンで生活力もあるなんて、人間の場合だって引く手あまただろう。

問題はこの広いシベリアの大地の中で、ちゃんと巡り合えるかどうかだ。

「お嫁さんを見つけるのも一苦労だね」

そう洩らした直己に、ジョールトィは怪訝そうな目を向けた。

「そんな気はない。マールイを無事に成長させなきゃならないからな」

どうしてだろう。それを聞いて、なぜか直己はほっとする自分に戸惑った。

自分の仕事は進化種のバックアップで、種の繁栄を願っているはずなのに、どうしてジョールトィに嫁取りの意思がないと知って安堵するのだろう。

直己は内心焦って、機関の職員らしい言葉を告げた。

「せっかく進化種に生まれたんだから、頑張ってほしいな。動物の生き方としても、命を繋ぐのは本能のはずだけど？　それにほら、マールイがおとなになって相手を見つけたら、ジョールがひとりになっちゃうだろ」

ふと、以前アリョーシャが言っていた『源氏物語』云々の話を思い出した。今となってはジョールトィとマールイは親子以外のなににものにも見えないけれど、やはり将来的にそういう目論見があるのだろうか。

ジョールトィはなにか言いたげに直己を見つめていたが、やがて曇天を仰いで目を細めた。

「……べつに、それならそれでいい。マールイが俺の分も子孫を残してくれたら、育てた甲斐もあるってもんだ」

……あれ？　あれれ？

なんだか直己よりもジョールトィのほうが、よほど大きな視点で物事を見ている気がしてきた。立派だしある意味尊敬するけれど、ちょっと自己犠牲が強すぎはしないか。

「それってどうなの？　きみの人生はどうなるんだよ？　もっと大切にしてほしい。わがまま言ったっていい。俺たちにできることなら手伝うよ」

少なくとも直己は、ジョールトィに幸せになってほしいと願っている。偶然出会ったにすぎないけれど、その偶然の確率がどれほど低いものか。これからも野生で過ごすだろうジョールトィに関わった数少ない者のひとりとして、彼にとっていい思い出が残るようにありたい。

……いや、そうじゃなくて――。

さっきからどうにもすっきりしない。歯痒い。自分がジョールトィになにをしてやりたいのか、本当はどうしたいのか。

もっと……もっとしっくりくる方法があるはずなんだよ。それこそを、俺は望んでいて――。

ふいに閃《ひらめ》いたのは、ジョールトィと別れるのが嫌だということだった。しかしジョールトィは、間もなく野生に戻るつもりでいる。それはきっと翻らない。

わかっているのだ。野生動物として生きるジョールトィのそばにいることは、人間の直己には不可能だ。そして直己は、そんなジョールトィを応援する立場だ。

わかってるのに……納得がいかない……。

このまま離れてしまったら、きっと自分は一生後悔する予感がした。

どうする……？　だめもとで、もう一回頼んでみるか？

機関の保護下に入る気はないかどうか。それ以外に方法が見つからない。

「ジョール、あのさ──」

意を決して声をかけた直己を、突然ジョールトィが抱き寄せた。

「えっ、なに？」

「しっ」

歩いてきたのは獣道ですらない樹木の間だったが、ちょうど今いる場所は小さな広場のようにぽっかりと開けていた。誰も踏みしめていない雪原が、進行方向に広がっている。

ジョールトィは視線だけを周囲に巡らし、小さく唸った。

「囲まれたな」

「え？　な、なにに？」

直己も同じように様子を窺ったが、なにも見えない──と、トウヒの大木の陰に動物の姿があった。一見、ジャーマンシェパードのようなシルエットのそれは、こんな雪深い森林の中である限り、犬であるはずがない。すなわち──。

「オオカミ!?」

「全部で五頭だな」

思わず見回す直己には、それ以外は見つけられなかったけれど、アムールヒョウの感覚を持つジョールトィが言うからにはそうなのだろう。

見つからない分恐ろしくなって、ジョールトィにしがみつく。

「……ど、どうする？　どっち方向へ逃げればいい？」

「直己の足じゃ逃げきれない」

「そんな希望のないこと言うなよ！」

「希望はある。倒せばいい」

そう言うなり、ジョールトィはアムールヒョウに変化した。間近にいた直己も急で驚いたけれど、取り囲んで襲うタイミングを計っていたオオカミたちも、いきなり現れた大型獣にたまげたようだ。しかし同時に激しく闘争心を掻き立てられもしたらしく、吠《ほ》え立てながら雪を蹴散らして突進してくる。

「うわあああっ！」

逃げ場のない直己はどうすることもできなくて、その場にしゃがみ込んだ。視界を覆うように、派手なヒョウ柄が立ち塞《ふさ》がっている。初めて聞く喉奥から響く唸り声が、恐ろしくも頼もしくもある。

オオカミたちは直己とジョールトィを遠巻きにして走り回り、徐々に間合いを詰めていく。やがて一頭が躍《おど》りかかってきた。

「うわっ……！」

ジョールトィが前肢を振り上げ、鋭い爪でオオカミに叩きつける。絶叫して血しぶきと雪煙を上げ転がっていったが、命に別状はないようだ。

反撃を受けた一頭ともう一頭が樹林に逃げていき、ほっとしたのもつかの間、ジョールトィの唸り声に振り返ると、銀白色のシベリアオオカミと睨み合っていた。体格ではジョールトィに軍配《ぐんぱい》が上がるが、オオカミはまだ三頭残っている。

「ジョール……！」

ああ、情けない！　なにもできないって、なんだよ！　ていうか、俺がいるせいでジョールもまともに戦えないんじゃ……。

直己はようやくナイフを携帯していたのを思い出し、震える手で握る。あくまで縄《なわ》や蔓《つる》を切ったりするために持ち歩いているものだし、生き物に向ける気はなかったけれど、ジョールトィを守るためなら話は別だ。実際に役立てるかどうかはともかく。

オオカミに飛びかかったジョールトィは、しがみついていわゆるネコキックを連発でお見舞いする。家ネコの何十倍もの大きさのジョールトィがやると迫力はものすごく、実際の威力もそうとうらしくて、シベリアオオカミはようやくのことで逃れると、脱兎《だっと》のごとく駆け出していった。

残り二頭――。

そう思った直己の耳元で、唸り声とともに風が巻き起こった。オオカミに飛びかかられたとわかったのは、雪の上に押し倒された後だった。

獣臭い息が吹きかかり、思いきり顔を背ける。こんなときこそナイフの出番なのに、肘《ひじ》の辺りを踏まれていて、腕が動かせない。

ガウ、という唸りにぎゅっと目を瞑った瞬間、オオカミは悲鳴を上げた。のしかかられていた重みが突然消えて、クリーム色の地に黒いローゼットの残像がよぎる。

「……ジョール⁉」

慌てて上体を起こすと、アムールヒョウがシベリアオオカミの首根っこを噛んで振り回していた。勢い余って放り出されたオオカミは雪原を転がり、体勢を立て直すや否や林の中へと逃げていった。

背後を振り返ると残りの一頭も消え失せていて、無数の足跡や大きく削られた穴ででこぼこになった雪原に、獣の毛や血痕が散らばっている。

「……うわあ、大惨事」

そんなセリフが出てくるのも、無事でいられたからこそだ。

ジョールトィは肩で大きく息をしながら、まだ注意深く辺りを睨み据えている。全身からかすかに湯気が上がっているのが見えて、戦いのすさまじさを物語っていた。

「ジョール！」

直己が駆け寄る途中で、ふうっとアムールヒョウの輪郭が歪み、青年の姿が現れる。片膝をついたジョールトィを、直己は抱きかかえた。

「ごめん！　俺のせいで……」

　ジョールトィの肩先からなんとも魅惑的な匂いがして、直己は反射的に思いきり吸い込んでしまう。頭がくらくらする。それなのにもっと嗅ぎたくなって、顔を押しつけた。

「けがはないか？」

　真っ先に安否を尋ねられ、直己の胸は強く痛んだ。直己の心配なんてしている場合じゃないだろう。

「平気だよ。ジョールが守ってくれたじゃないか。俺っ……なにもできなくて……ジョールのほうこそ、けがは？」

　頬に引っ掻き傷があり、腕も痛めたのか庇っている。

　自分のせいでジョールトィがけがをしてしまったということが、直己の心に重くのしかかってきた。守るべき立場にいたはずなのに、どうしてこんなことになってしまったのだろう。

　俺が……なにもできなかったからだ……。

　怖くて竦《すく》んでしまった。単純にオオカミが恐ろしかったのもあるけれど、戦うジョールトィを見て、よりいっそう怖くなった。ジョールトィが、ではなく、ジョールトィにもしものことがあったら――と。

　ああ……そうか。俺……ジョールが好きなんだ。

　先ほどまでのすっきりしない気持ちと、今しがたの自分の身を切られるよりも強い恐怖の理由は、それだったのだと腑《ふ》に落ちる。

こんなときだというのに、ジョールトィの匂いにうっとりしてしまったのも、直己がそれをフェロモンとして嗅ぎ取ったのだろう。

ジョールトィを好きなら、離れたくないと思うのも道理だ。

「……今、手当てするから。ちょっと待ってて」

直己がリュックの中から薬を出そうとすると、ジョールトィは軽く肩を竦めた。

「こんなの舐めとけば治る」

「そういうわけにはいかないだろ。あとでカイルにもちゃんと診てもらわないと——」

ジョールトィが身を挺《てい》して守ってくれた。それが胸が震えるほど嬉しい。けがをするのは嫌だけれど、そう思ってしまう。

直己はジョールトィの肩を引き寄せて、頬の傷に舌を伸ばした。

ジョールトィは金色の目を見開いて、直己を凝視している。

「こういうときに、なんて言うか知ってる？」

目を瞬いたジョールトィは、宙を見上げて答えた。

「痛いの痛いの飛んで行け——かな？」

直己はジョールトィへの想いを自覚したけれど、それでなにをどうするという気もなかった。どうすることもできなかった、と言ってもいい。

恋愛はひとりでするものではない。相手のジョールトィにその気がない以上、行動の起こしようもなかった。

しかし恋の自覚というのは厄介で、それまでなんでもなかったジョールトィの立ち居振る舞いが、やけに目に入ってくる。

「コーヒー入ったよ——うわっ！」

振り向きざまにジョールトィの手が伸びていて、直己は仰《の》け反《ぞ》った。中身が大きく揺れたカップを、両方ともジョールトィが奪う。

「危ないな。やけどしたらどうするんだ」

「急に目の前にいるから！」

ていうか、俺の心配なんてしないでほしい。いい気になって勘違いしたら、自分が迷惑するんだぞ！

一昨日のシベリアオオカミとの遭遇は来栖に報告し、念のためメンバーが戻ってくるまでフィールドワークは中止と決めた。

マールイは「おべんきょうしてるの！」と得意げに来栖にべったりで、直己の相手をしてくれない。自然となにをするでもなく、ジョールトィと過ごすことになっている。

向かい合ってソファに座ると、ジョールトィの頬の傷が目についた。進化種の特性なのか傷の治りも早く、すでに薄く線がついているだけになっていて、ほっとする。

前肢のほうも打ち身程度で済んだようだ。

「……ほんとごめんな」

直己が謝ると、ジョールトィは首を振る。

「直己が無事でよかった。謝るより、その分感謝してくれればいい。いや、礼もいらない。ちゃんと守れて無事だったたってだけで、俺は満足だ」

……だから、そういうことを言われると困るんだって……。

これ以上好きになったらどうしてくれる、責任が取れるのかと、因縁をつけたくなってしまうではないか。

「感謝もしてるよ、もちろん。でも俺が迂闊《うかつ》だった。進化種のきみが一緒なんだから、万が一の場合にもっと備えておくべきだった」

そう言うと、ジョールトィはわずかに片眉を上げる。自分の理解のほかのこと、意に沿わないことを聞いたりすると、よくする表情だ。

「誰かに守ってもらおうとは思ってないし、むしろ俺のほうがそうするべきだと考えてる。マールイにせよ、直己にせよ」

ああ……そういう立ち位置なわけだ、俺は。

庇護欲旺盛なジョールトィにとって、マールイも直己も自分では己の身を守れない守るべき存在ということなのだろう。

わかっていたことだけれど、とてもパートナーの対象としては眼中にないらしい。突きつけられると、改めてへこむ。

ここまで対象外だと万が一の期待も持てなくて、アタックしようという気にもなれない。いずれジョールトィは野生に戻るのだから、それまでの間だけでも今までどおりに過ごしたほうがいいのではないかと、事なかれ主義の直己は思ってしまう。もともと熱烈な恋愛なんてものとは縁遠い性格だ。

そうだよ。適齢期も過ぎるころに、なんとなく流されて結婚できれば上等くらいなんだ、きっと。同性の進化種とくっついたりしたら、周りだってびっくりするって。

「パパー、なおきー！」

来栖の部屋で教育を受けていたマールイが、元気いっぱいで食堂に飛び込んできた。まずはソファに座っていたジョールトィの膝に飛びつき、膝の上によじ登る。

「いやあ、吸収性抜群の砂だね。ちょっとした天才児だよ」

来栖が感心の面持ちでやってきて、食堂の隅でノートパソコンを広げた。

「来栖さん、コーヒー飲みます？」

「ああ、ありがとう」

「ぼくミルク！」

腰を上げようとした直己を制して、ジョールトィはマールイを抱いたまま立ち上がった。

「俺がやる」

「えっ、もうサーバーに残ってないよ。できるの？」

「コーヒーメーカーにセットするくらい、見てたからわかる」

ジョールトィはキッチンカウンターの向こうでコーヒーをセットし、カップに注いだ牛乳をレンチンしている。イクメンぽい姿に、来栖が笑みを浮かべた。

「出来上がってる分、あっちは頑《かたく》なかと思ってたけど、そうでもないみたいだね。最初のころは紛うことなき無愛想だったのに、今は見た目だけのなんちゃってクールって感じだ。本人は野生に帰るつもりだけど、この先なにがあるかわからないし、人間の日常生活やコミュニケーションを覚えておいて損はない。尾賀さん、お手柄だね」

「いや、俺なんか全然……」

たしかに当たりは柔らかくなったと思う。直己が揺らいだり、勘違いしそうになったりするくらいには。

でもそれはジョールトィのもともとの性分で、わかりやすく伝えられるようになっただけなのだろう。

強くて優しくて、けどそれをひけらかさなくて……ああもうほんとにいい男だよ、きみは！

そんなジョールトィのパートナーになるのは、どんな相手なのだろう。

以前そんな話題になったときには、子育てで手いっぱいだし気乗りがしないというような返事だったけれど、好みくらいはあるだろう。

しかしどんなタイプだとしても、人間の男はいちばん遠いのではないか。

……いやいやいやいや、なに考えてんだ俺。このままにするって決めたはずなのに、また未練がましいことを……。

来栖にコーヒーを渡し、マールイを抱いたまま戻ってきたジョールトィが、横を通りしなに直己の頭を撫でた。

「うっ……？」

妙な声を洩らして自分の頭に手をやった直己だったが、ジョールトィはそ知らぬ顔で、マールイがミルクを飲むのを手伝っている。

……どういう意味なんでしょうか、今のは……。

もしや直己の心情に気づいていて、揶揄っているのではないかと疑いながら、心臓をどかどかいわせる直己だった。

「みんなでねよう！」

パジャマに着替えたマールイに手を引っ張られ、直己は戸惑う。

「おっ、じゃあ俺もかな？」

来栖の問いに、マールイは困った顔をする。

「パパとなおきとぼくでベッドいっぱいだから……みらいとはあしたおひるねしてあげる！」

「残念だなあ。じゃあ明日。おやすみ」

「おやすみ、みらい！　なおき、いこう！」

「あの、マールイ……俺もお昼寝にしようかな……」

「だめーっ！」

マールイをつまみ上げるように抱いたジョールトィが、直己の肩に手を回す。

「もう眠くて半分ぐずってるんだ。つきあってやってくれ」

そう言われると拒めなくて、直己は一緒に彼らの部屋に向かった。

「あのね、あいうえおよめるんだよ。あはあひるのあ、いはいんこのい、うはうみうのう、えはえとぴりかのえ、おは――」

「なんだか変わったのが交ざってるぞ」

川の字に横になって、ジョールトィが口を挟《はさ》む。

「えとぴりか、しらないの？　パパ。ちどりもくうみすずめかにぞくするうみどりで――」

呪文のように滔々《とうとう》と口を動かしていたマールイは、やがてすうすうと寝息を立て始めた。

「来栖さん、ハイレベルすぎる……それを丸暗記してるマールイもすごいけど」

「どっちかっていうと、毒があるかとかどの辺で捕まえられるのかとか、教えてやってほしかったな」

マールイの横顔越しに、こちらを向いたジョールトィの笑顔が見える。

ああっ、そんな顔見せないでほしい。

直己は目を瞑り、毛布の中で拳を握った。意識したとたん鼓動が速くなって、ジョールトィの匂いを強く感じる。

だいたいジョールトィは、自分がどういう存在かをわからなすぎる。人間とも同性ともペアになれるということは、自分がなんとも思っていなくても、そういう対象として見られる場合もあるのだ。今の直己のように。

それを子どもが一緒とはいえ添い寝に誘ったりして、間違いがあったらどうする。こう見えて直己だって成人男子なのだから、欲求がつのれば押し倒すことだって――。

……いや、それはないな……。

どんなに好きでも、自分の気持ちだけで先走って、嫌われるのがなによりも怖い。だから頭を撫でられようと、手を伸ばせば届く場所に寝ていようと、ここは我慢の一手だ。

「……直己？　寝たのか？」

低く、甘くさえ聞こえる囁きに、返事をせずにいた。やがて本当に眠ってしまって——。

……ん？

ふと意識が浮上したのは、それから何時間後だったのか。まだ夜明けには間があるようで、カーテンを引いた窓の外は暗い。

マールイは獣化してしまったらしく、直己の腹の辺りで丸まっている感触がある。ジョールトィは横になったときと同じだ。

とびきり端整な顔に、冗談のようにヒョウの耳がついている。しかし、それがなんて魅力的なことか。

ずっと見つめていたいと思う一方、せつなさが込み上げて、直己はそっと起き上がろうとした。

「行くな」

ふいに手首を掴まれ、心臓が飛び出しそうになる。誘惑するような香りが鼻腔を駆け上がって、全身から力が抜けた。

そのまま元どおり横たわった直己を、ジョールトィが抱き寄せる。

そんな！　いや、嬉しいけど、ドキドキが聞こえちゃうんじゃ……。

身を硬直させてじっとしていると、額《ひたい》の辺りでふっと笑う気配があった。

なんなんだよ⁉

しかし直己の動揺も知らず、そのままジョールトィは寝息を立て始めた。

寝ぼけてたのか⁉

腹立たしく思いながらも、身体に回された腕を振り解く気になれない。寝言だとしても「行くなよ」と口に出せるジョールトィが羨ましく、悔しい。

俺は言いたくても言えないのに……。

二度目に目覚めたときにはすっかり夜が明けていて、淡い朝の光の中でつやつやした毛並みをゆっくりと上下させる大きなアムールヒョウと、それよりもぽやぽやとした被毛の仔ヒョウが、直己に密着していた。

いつもなら至福と感激するところだけれど、それ以上に胸が苦しくなる。こんな光景を、あと何回見られるのだろう。


直己の懸念事項は予想外に早く訪れた。

人型に戻ったジョールトィとマールイ、それに来栖と、フレンチトーストとボイルしたウインナー、温野菜サラダの朝食を終えたところで、マールイが意欲満々で身を乗り出す。

「おべんきょうする？」

「おー、やる気だな。じゃあ今日は、かきくけこを覚えようか」

「いや――」

席を立ったジョールトィが、マールイをひょいと抱き上げる。

「これから発つ。いろいろと世話になったな」

「えっ……？」

直己は食器を重ねる手を止めて、呆然とジョールトィを見つめた。

……出ていくってことか？　そんな……。

「ずいぶん急だね。そういうのは前もって言ってくれないと。他のメンバーもまだ帰ってこないのに」

来栖の言葉に、ジョールトィは片手を差し出した。

「よろしく言っておいてくれ」

小さくため息をついて握手を交わした来栖は、マールイの頬を突く。

「かきくけこは保留だな。大きくなって勉強したかったら遊びにおいで」

そんな、来栖さん！　引き止めないのか？

あっさりと受け入れてしまった来栖に、ますます焦る直己の前へジョールトィが手を伸ばした。

細かい引っ掻き傷が残る手を見下ろすうちに、鼻の奥がつんと痛くなってくる。ともすれば視界がぼやけそうになるのを、直己は息を詰めてこらえた。

おずおずと差し出した手を、しっかりと握られる。まるで心臓を掴まれているように苦しい。

「……なおき……」

マールイが両手を出して身を乗り出し、直己も思わず抱きしめようとした。しかしジョールトィは踵《きびす》を返し、部屋を出ていく。

「やあだあ……パパ、なおきとだっこするー」

広い肩から顔を覗かせたマールイが泣きべそをかいている姿に、直己は止めようもなく足を踏み出した。

「尾賀さん、見送らないと」

背中に来栖の声がして、どうにか足は止めたが、涙は抑えきれずに頬を伝った。

マールイの声が遠くなる。玄関のドアを開ける音がする。

……マールイと離れたくない。ジョールとも。

二重の玄関ドアが閉じて、なにも聞こえなくなる。

「……っ……」

直己は食堂を飛び出し、玄関ホールを突っ切って内ドアを開けた。

雪の上をゆっくりと進んでいくジョールトィの姿が、一歩また一歩と遠くなる。これ以上離れるのは嫌だと思ったそのとき、

「……ママっ！」

マールイが両手を伸ばして叫んだ。ジョールトィの腕から逃れようと、激しくもがいている。

直己は外ドアから表へ出て夢中で駆け出した。昨夜もまた雪が降ったようで、ジョールトィの足跡しかない雪の上は歩くのにも一苦労だ。何度もよろけながら進み、立ち止まっていたジョールトィにようやく辿《たど》り着いた。

ジョールトィは苦い顔をしていた。マールイに至っては、半泣きで暴れている。

野生に戻ろうとしているジョールトィのじゃまをするなんて、保護研究者にあるまじき行動なのだろうけれど、その前に今の直己はただの一個人だ。ジョールトィとマールイを愛しているひとりの人間だ。

「……行くなよ」

ただの人間に過ぎない直己は、上着も着ないでこの寒空に飛び出し、雪の中を少し歩いただけで、ろくに声も出せない。

「直己……？　どうした？」

こんなんじゃ伝わらない。

「行かないでよっ……！」

「ママぁ……！」

マールイはジョールトィの腕から落ちんばかりに身を乗り出し、直己もそれを今度はしっかりと抱きしめた。柔らかくて小さな温かさが、たとえようもなく愛おしい。しかし直己にはもうひ

とつ、どうしても欲しい温もりがある。

「マールイとも、ジョールとも離れたくない！　一緒に子育てしてきたんじゃないか！　ジョールだけで、なにかあったらどうするんだよ！」

本当は違う。そんなことを言いたいんじゃない。けれど今は、少しでもジョールトィを引き止める可能性のある言葉を使う。

俺だって……きみを必要としてるんだよ！

ジョールトィは直己としがみつくマールイを見下ろしていたが、小さくかぶりを振った。

「……俺だって、本当は一緒にいたい。直己とマールイを育てたい。それに――」

「言ったな⁉　訂正は聞かないぞ！　マールイも聞いたよな？　またみんな一緒だ！」

腕の中のマールイがぱっと顔を上げる。

「ほんと⁉　みんないっしょ⁉」

興奮のあまり、男児は仔ヒョウに変わり、まっしぐらにベースキャンプへ駆け出す。全身が雪の中に埋もれながらも、ぴょんぴょんと跳ねるように向かう先では、来栖が玄関の外ドアを開けて待ちかまえていた。

「直己――」

ジョールトィの声に、直己はそちらを見ないまま両手を上げた。

「マールイを味方につけたのは狡かった。でも、どうしても離れたくないのもほんとだから。ジョールに無理を強いてるのは承知だよ。でも、少なくとも一緒に子育てしたいとは思ってくれてるんだろ――」

背後から抱きしめられ、直己は息を詰めた。実際に苦しいくらいのハグだったこともあるけれど、ジョールトィに抱きしめられているという事実が、それ以上に直己を硬直させていた。

ふわりと、いやもっと強烈に、かつてないくらいに濃厚な匂いに包まれ、手足が痺れていく。くらりとする。

「……ジョ、ジョール……？」

「三人で一緒に、というのも本音だ。けどもうひとつ……俺は、直己とふたりだけの繋がりも欲しい……」

「……え？　なに……？　どういう意味？」

頭がぼうっとしてしまっているせいか、ジョールトィの言っていることが呑み込めない。ネット中毒の進化種は、妙に言い回しも凝ってきているのだ。

「ジョール、なに言ってるのかわかんな――あっ……」

「ああもう、そんなにいい匂いをさせるな」

思いきり体重をかけられ、支えきれずにジョールトィもろとも倒れた。周りが雪の壁になってしまうほど雪にめり込み、思わず空を仰いだつもりが、大きなアムールヒョウに上から覗き込まれた。

「わ……」

がう、と低く唸ったジョールトィは、直己の頬を舐め上げた。

「うわ、痛っ……」

ネコ科特有のざらざらした舌は、このくらい大きくなると、まるでおろし金だ。しかし痛みよりも舐められることに嬉しくなってしまう。

ジョールトィのほうは気づかってくれたのか、ごく舌先を使って、頬から首筋、耳朶《じだ》を舐めていく。相変わらずの匂いも相まって、獣型を相手に妙な気分になってくる。

「ちょっ、ま、待った！　これ以上はヤバい！　外だし！　ヒョウだし！」

いや、もちろんアムールヒョウ姿のジョールトィも大好きなのだが、このまま流されてしまうのはまずい。そもそもジョールトィの言っている意味は、そういうことなのだろうか。直己が思っているのと同じなのか。

「おーい！　雪の中でなにやってるのかなー？　ジョールはともかく、尾賀さんは風邪ひくよー！」

来栖の声がして、直己は慌てて身を起こした。それと同時に、人型になったジョールトィが直己の上から転がり落ちる。

「なんてタイミングを掴むのが巧い……図らずも変化したのなんて久しぶりだ」

ジョールトィはぶつぶつ言って尻尾を振り立てながらも、直己の手を取って立ち上がらせると、懐に包むようにして歩き出した。

食堂に入ると、ほっとするような温かさだった。かじかんだ手を擦り合わせる直己に、来栖がコーヒーのカップを渡してくれる。

「かはからすのか、きはきつつきのき——」

マールイはカーペットの上にカードを広げ、かきくけこの勉強中だ。先ほどの一件などなかったかのように、朝食後からの時間を繋いでいる。

「鳥しか出てこないのか。もっと食い出のあるやつがいいな」

呆れたように呟くジョールトィに、来栖が澄まして答えた。

「まずは鳥で五十音、次は魚でいこうかな？　それよりもきみたちのほうはどうなの？」

「ど、どうって……」

直己がそっとジョールトィを窺うと、不敵というかドヤ顔というか、そんな顔で来栖を見返す。

「直己は旨い」

「ななな、なにを言うんだ、きみは！　食べてないだろ、まだ！　舐めただけで——あ……」

慌てて立ち上がって否定した直己だったが、よけいなことまで口走ったと気づいたときには、来栖が半眼で宙を見ていた。

「……ああそう。つまりパートナーになるってことだね？　それならこちらとしては大歓迎だ」

「えっ、あの……そうと決まったわけでは……」

それっぽい持って回った言い方の言葉は聞いたけれど、直己の希望的思い込みという可能性は捨てきれない。はっきりしているのは、ジョールトィとマールイが出ていくのをとどまったということだけだ。

「だそうだよ、ジョール」

来栖が揶揄うように言うと、ジョールトィはたちまち憤慨《ふんがい》した。

「ばかな！　直己は引き止めたんだぞ。だから俺は、三人で一緒にいたい、直己とふたりで新しい関係も築きたいと打ち明けた。直己は嫌がっていない。嫌なはずがないだろう、あんないい匂いを撒き散らしておいて――」

「うわあ、また！　そういうことを言うな！」

直己がジョールトィの口を塞ごうとすると、来栖が手を叩いた。

「はいはいはい！　そういう話はふたりでやってくれない？　ここにはとっても利発なお子さまがいるんだよ。せっかく五十音を覚えてるのに、そんな話に興味を持ったらどうする」

はっと振り返ると、マールイは夢中になってカードを眺めていた。

「くはくじゃくのく、……みらい、これなあに？」

マールイが差し出した【け】のカードを、直己とジョールトィも思わず見てしまう。

「け？　けがつく鳥なんていたか？」

「たしかツバメの別名がそんなだったっぽいけど……」

来栖はマールイのそばにしゃがみ込んだ。

「どれどれ？　ああ、これはゲンチョウのげ」

「げ？　けじゃないの？」

「けが見つからなかったんだなあ、これが。げでおまけしてくれ」

来栖が後ろ手で払うしぐさをするので、直己とジョールトィはそっと食堂を抜け出した。廊下を歩く途中で、ジョールトィが直己の手を握る。連れていかれたのは、直己の部屋だった。

「うっ……」

部屋に入ってドアを閉めたとたん、ジョールトィが手で口元を覆った。

「な、なにっ？」

「匂いが……」

さすがに窓を開けて換気はしないけれど、そんなに匂うようなものは置いていない。服もリネンも定期的に洗っている。

それでも匂うと言われれば慌てる。手で鼻を覆われたりしたらなおさらだ。直己は窓辺に駆け寄ってカギを開けようとしたが、それより早く背後からジョールトィに抱きつかれた。

「ジョ――」

「好きだ」

耳に飛び込んできた言葉に、心臓がドカンと跳ねた。

これ以上削《けず》れないシンプルな言葉が、直己の全身に深く染み込んでいく。

……いや待て。ぬか喜びにならないように、ここは慎重になるべきだろ。

「……あの、それはどういう意味で……」

ジョールトィは直己の肩に顔を伏せ、深く息を吸う。

「さっきもそう言っていたな。そんなに俺の日本語は変か？　今度は超シンプルにしてみたつもりだが」

「超とか言うな。好きって言葉はわかるよ。わかるけど、意味がいろいろあるんだよ。たとえば……俺だってジョールのことが好きだよ」

直己はジョールトィの腕の中で半回転して向き合った。至近距離で真っ向から見つめ合うことになり、狼狽える。

うわあ、イケメン！　髪も目もきらきらしてるし、匂いが……。

ジョールトィが魅惑的な匂いをさせているのは前からだけど、特に今はなんというか、非常にエロい気持ちにさせられる匂いがする。

ジョールトィは悩ましげに眉根を寄せ、直己を掻き抱いた。

「少し匂いを抑えてくれないか。ちゃんと話したくても気が逸れる」

「はっ⁉」

声を上げた直己は、たちまち合点がいった。部屋に入るなりジョールトィが言っていたのは、直己のそういう匂いが充満していたからだったのだろう。そして残り香以上に、今の直己からは匂いがする、と。きっと直己がジョールトィに対して反応しているのと同じ匂い――。

「なんだったか……そうだ、好きの意味だったな。俺の好きは、直己を舐めたい、抱きしめたい、つがいたい――」

「つっ⁉」

「ああ、エッチしたいと言ったほうがいいか。そういう意味だ。もちろん、生涯を通してのパートナーとして」

具体的すぎる言葉が並べられ、ぎょっとしながらも、それこそ直己が望んでいた「好き」だったと、胸がときめく。

「思い出した」

ジョールトィは笑みを浮かべて、直己の頬に手を添える。

「俺は、直己に恋をしてる。そうだ、これが俺の好きだ。不思議だな。直己に会うまで、こんな気持ちになったことはない。マールイのことは可愛いし、自分を置いても守りたいと思うけれど、直己に対してはもっと激しいものがある」

「……そんなふうには見えなかったよ」

「どうアプローチすればいいのかわからなかった。それに、直己に嫌がられたらと思ったら、とても言い出せなかった。俺は人間じゃないから……」

「そんなこと！」

ジョールトィは苦笑する。

「俺なりにアプローチしたつもりだったんだけどな。風呂場でとか、寝ながらとか」

その言葉にはっとする。たしかに振り返ってみればそうだ。しかし直己もまた自分が対象になれるとは思っていなかったから、揶揄われているのだと思ってしまった。

直己はジョールトィの手を握る。

「俺だって同じようにジョールが好きだよ。それを言うなら俺だって、人間の男だから眼中にないと思ってた。きっとジョールは、きれいなアムールヒョウのメスがいいんだろうなって思ってたから、俺なんか――」

「直己以上に魅力的な生き物がいるものか」

きらきらしたジョールトィの顔が近づいて、直己は眩《まぶ》しさに目を閉じる。吐息を感じて緩んだ唇《くちびる》に、ジョールトィのそれが重なってきた。

「……んっ……」

すぐに舌が押し入ってきて、口中を掻き回される。少しざらついた舌で擦られると、むず痒いような疼《うず》きが広がって、直己はがくりと喉を反らして喘《あえ》いだ。思いきり抱きしめられて、背筋が撓る。立っているのがやっとの脚に、尻尾が絡みつく感触がする。

……ど、どこで覚えたんだ、こんなキス……。

ネコ科の進化種らしく異様なくらいに器用に動く舌が、直己の口の中にいくつもの性感帯を見つけ出して、撫で方や力加減を変えながら、直己を翻弄《ほんろう》する。

がくっ、と膝が崩れて、その拍子に唇が離れた。しかし息を吸い直す間もなく、ジョールトィの唇が追いかけてくる。

「んっ、……ん、ん……っ……」

そのまま引きずるようにしてベッドに倒され、ジョールトィは直己のセーターをアンダーシャツごと捲《めく》り上げた。

「ジョールっ……！　ま、マジで？」

とっさにジョールトィの手を上から押さえた直己だったが、そんな制止をものともせずに、手が素肌に触れる。

「……あっ……」

「すごい……すべすべだ……」

ジョールトィだって人型のときは毛深いほうではないと思うのだが、言い返す余裕もない。這い上がるにつれて、トップスはまとめて頭から引き抜かれ、代わりに強い視線を纏《まと》う。

「……見すぎだって」

「見るだろう、当然。ずっと見たかった」

「きみと違って貧相なんだけど」

「俺には充分魅力的だ。それに、いい匂いがして旨そうだし。舐めてもいいか？」

どう答えればいいのだろう。了承なんて得ずに、勝手にしてほしい。

「ん……？　今、ここがきゅうっと尖った」

ジョールトィが指を伸ばしたのは乳首で、弾かれたとたん、直己はあられもない声を上げてしまう。

「気持ちいいのか？　こんなに小さいのに」

「……ちっ、違う……！」

「違わない。また硬くなったし、匂いが濃くなった」

ああ、なんて厄介なんだ！　バレバレじゃないか！

ジョールトィは舌を伸ばして、掬い上げるように乳首を舐める。ぴりりとした刺激がたまらなくて、直己は身を捩《よじ》って喘いだ。

これまで乳首を愛撫《あいぶ》された経験もなければ、そこが気持ちいい場所だという認識すらない。はっきり言って、ジョールトィに指摘されるまで、忘れ去られていた身体の部位だった。

単にこれまで知らずにいただけなのか、それとも相手がジョールトィだからなのか。この先に進んだら、どうなってしまうのだろう。

官能に身を委ねてうっとりしながら、そんなことを考えていた直己ははっとした。

この先!?　この先って……。

ジョールトィははっきりエッチがしたいと言っていたし、直己もこれまでジョールトィにセクシャルな欲望を感じたことがないとは言わないけれど、自分たちは同性だ。

いや、男同士なのが悪いというわけではない。そんなことを言い出したら、同性以前に人間とアムールヒョウの進化種だ。そういったことをひっくるめて、互いを好きになって恋に落ちたのだから、今さらの話である。

問題は目前に迫ったというか、すでに始まっている性行為だ。

直己は異性との経験しかない。しかもこの流れで行くと、直己が女役なのは間違いないだろう。つまりそういった用途で使用したことがない場所を、ジョールトィに明け渡すわけで――。

できるのか⁉　ていうか、入るのか⁉

直己は手を伸ばして、ジョールトィの股間《こかん》を探った。

「で、でかい！」

「直己、積極的だな」

心なしかジョールトィの鼻息が荒くなり、振り上げた尻尾が直己を素肌を撫でる。

「あっ、気持ちいい――じゃなくて！　無理だから！　入らないから！」

「そんなこと、やりたいと思う気持ち次第だ」

「精神論で語ることじゃないだろ！」

「じゃあ、確かめてみよう」

「は？」

怪訝に思っていると、ジョールトィは悪魔的な手際のよさで、直己のスノーパンツを下着ごと引き下ろした。

「うわあっ、なにする！　自分は一枚も脱いでないくせに！」

「見たことあるだろ、風呂で。そんなに急かさなくても、俺だって今に脱ぐ」

「急かしてない！　あっ、あ……あ……」

握られてぎょっとしたのも一瞬で、他人の手で施される愛撫に、たちまち力が抜けていく。肉欲に弱いと思わないでほしい。相手がジョールトィだからこそなのだ。

だって……絶対無理だと思ってた。パートナーどころか、もう会えなくなるんだって……。

それがどうしても納得できなくて、このまま離れてしまったら一生後悔するから、必死に引き止めた。戻ってきてくれただけでも嬉しいのに、ジョールトィも同じ気持ちだと打ち明けられ、今こうしている。

想いを確かめ合えたのは望外の喜びで、直己を生涯のパートナーに選んでくれたことも嬉しいのだが、真逆に急展開しすぎてついていけない。とりわけ初キスからここまでの早かったこと。

気持ちのほうは互いにもっと前から出来上がっていたけれど、それに向かっていこうとせずに自分の中で葛藤《かっとう》していた分、直己は心の準備ができていない。

一方のジョールトィは、すべての枷《かせ》は取り去られたとばかりにぐいぐい押してくる。いや、相思相愛ならなにを憚《はばか》ることもないのだが――。

「あっ……」

ペニスを扱《しご》かれながら胸を吸われて、たまらず声がこぼれる。胸元に伏せたジョールトィの金髪から、吐息から、いや全身から官能的な匂いが立ち上って、直己のちっぽけな抵抗を消し去った。

ええい、俺も男だ、覚悟を決める！　ちょっとくらい痛かろうが、それでもジョールが欲しいんだよ。

直己が怖気づいて応えられず、ジョールトィが他に相手を求めたらしたら、それこそ絶対に嫌だ。ジョールトィの全部が欲しい。代わりに直己をすべてジョールトィのものにしてかまわない。

直己は手を伸ばして、ジョールトィのセーターを引っ張り上げた。気づいたジョールトィは愛撫の手を休めずに、ちょっとだけ協力してくれる。

素肌が触れ合うと実感が増して、同時に希求感が湧き上がってくる。もっと触れたい。触っていない場所なんてなくしてしまいたい。

さらに上体を折るようにしてジョールトィの下肢に手を伸ばし、デニムに手をかけようとした。

「うあっ……ジョ、ジョールっ……」

さすがは進化種というべきか、なんのてらいもなく、気持ちの赴くままに口に咥《くわ》えられ、直己は甘美な刺激にベッドの上でのたうった。

「やっ、ま、待って！　そんなされたら……」

「どんどん硬くなっていくぞ。いいんだろ？」

先端を舐め回されて、腰の奥が痺れる。ざらざらの舌は絶妙な刺激を送ってきて、一気に上りつめてしまいそうだ。

「……い、いいけどっ……俺、俺だって……ジョールのこと触りたい……っ……」

「大歓迎だ」

ジョールトィが身体をずらし、互いに逆さまに向き合って横臥《おうが》する形になった。目指す下肢は直己の眼前に迫っていて、いっそう強くなる匂いに頭がくらくらする。その上ペニスを舐めしゃぶられているものだから、気を抜くと引きずられそうになる。

直己は震える手でデニムの前を開き、下着をずり下げた。すでに感触で察していたけれど、実際目にするとその大きさと猛々《たけだけ》しさに怯んだ。

「見ないほうがよかったんじゃないか？」

ジョールトィの声に、直己は張り合うように屹立《きつりつ》を握った。

「見ないでどうするんだよ。俺はジョールトィを感じさせたいの」

そう、怯んだのも事実だけれど、ジョールトィとエッチがしたいとも強く思ったのだ。ふてぶてしいほどに大きく硬くなっているのも、自分を欲してのことだと思えば、期待以上に感じてほしいじゃないか。

直己は両手でジョールトィの雄《おす》を掴み、そっと舌を伸ばした。

下のほうで低い呻《うめ》きが聞こえ、噛みつく勢いでペニスをしゃぶられる。目くるめくような快感に見舞われながら、直己も懸命に舌と手を使った。

忙しなくシーツを叩く長い尻尾に気づいて、それを片手で巻き取り、ペニスと同じように扱くと、ジョールトィがたまりかねたように腰を揺らす。

上のほうの膝を持ち上げるように大きく開かれ、ジョールトィが舌を奥へと伸ばしてきた。後孔を擽《くすぐ》られて、思わず腰を捩った直己のペニスをタマごと掴み、逃げを封じる。

「逃げるな」

その艶《なまめ》いた声にぞくりとする。

「……に、逃げないよ……」

直己は下肢をジョールトィに預け、口淫を再開する。

逃げるつもりはなかった。ただ、あまりに鮮烈な刺激に、これ以上なにかされたら、自分がどうなってしまうのかと不安になった。

ほら、やっぱり……ああ、どうしよう……すっごく気持ちいい……。

舌が閃くたびにそこが疼いて、固く閉じていたはずの襞が緩んでいくのが、自分でもわかった。

「……ジョール……なにがあっても嫌いにならない……？」

ふと動きを止めたジョールトィが小さく笑った。

「なにを言ってるのかわからないな。俺が直己を嫌いになるなんて、ありえない」

「でも……すごく気持ちよくて……なんか恥ずかしいことになっちゃいそうで……」

「それは願ったり叶ったりだ」

ぐっと舌が捻《ね》じ込まれて、自分でも触れたことがない場所を弄られる感覚に、直己は喘いだ。

「あっ、そんな……あっ、あっ……やだ、変になる……っ……」

「なればいい。そんな直己も見たいし、きっと魅力的だ」

舌よりも硬いものが押し入ってきて、おそらく指だと察する。遠慮のかけらもなく強引に、しかし直己の反応を見逃さず、少しでも声が洩れたり身体が跳ねたりした場所を念入りに探る。

もはや直己の手と口はすっかりお留守になって、ジョールトィの愛撫に翻弄されるばかりとなった。

乳首のときも驚いたけれど、こんなところにまで感じてしまうなんて、自分が自分ではないような気がする。おそらく相手がジョールトィでなければ、一生知らずにいたことではないかと思う。

指で中を掻き回されながらペニスを吸い上げられ、いったいなにを口走ったことか。いい、とか、そこ、とか、もっと、とか。

途中からいくことしか考えられなくなって、たぶんはしたないほど腰を振っていた。ジョールトィの尻尾を強く握りしめて、お仕置きのように乳首を捻《ひね》られもした。そんなことすら気持ちよかったのだから、始末に負えない。

「あああっ……」

ジョールトィの口中に思いきり射精してしまう。さすがにまずいと思って逃れようとしたし、訴えもしたのだが、ジョールトィが放してくれなかった。

荒い息を繰り返す直己の視界に、ジョールトィがフレームインする。

「よかったか？　訊くまでもないかな」

「……こんなの初めて、ってやつ？」

「先に進むぞ」

まだ直己の中にある指を揺らされ、またジョールトィの双眸《そうぼう》が獲物を狙う猛獣のようにぎらついているのを見て、過ぎ去りかけていた欲情が引き戻された。なによりジョールトィから漂ってくる匂いが、直己を発情させる。

「うん、ジョールが欲しい」

直己が両手を伸ばすと、軽い衝撃を伴って指が引き抜かれ、ジョールトィが上に重なってきた。すでにボトムスは脱いで蹴り落とされ、どこまでも互いの素肌が密着する。

腰を抱かれて大きく開いた脚の間に、ジョールトィが身体を割り込ませ、そそり立つものを押しつけてきた。

「……んっ、……は……」

どこまで開かれるのだろう、いつまで続くのだろうと思うほど時間をかけて、ようやくひとつになった。その瞬間に、本当に自分たちはパートナーになったのだと実感できて、感動が込み上げてくる。

「なんで泣く？　痛いか？」

　息をついたジョールトィがわずかに眉根を寄せたのに、直己は首を振る。

「そうじゃなくて……嬉しいなあ、って」

　手を伸ばし、ヒョウの耳に触れる。

「こんなにきれいでカッコいいのが、俺のパートナーなんだ」

「泣くなら、俺のテクニックで啼《な》いてくれ」

「自信家だな――えっ……？　あ、あっ……」

　ジョールトィが動き出すと、隙間なく埋め込まれている直己の腰も大きく揺れる。中を擦る余裕はほぼないはずなのに、どうしてだか激しく感じてしまう。

「あっ、ああっ、だめ、そこっ……」

「こうか？」

「ああっ、そこもだめぇっ……」

　全身が性感帯になってしまったかのように、どこをどうされても気持ちがいい。よすぎる。ジョールトィは腰を使いながら胸をまさぐったり、首筋にキスをしたりするので、それにも感じる。おまけに濃密な匂いに包まれているせいで、頭の中まで痺れたようになっていた。

「ああっ、やだやだっ！」

「知ってる。直己の嫌はいいだろ？　待ってややめては、もっとして、だ」

違うとは言えなくて、せめてなにも言わないように努めたのだが、喘ぎは抑えようがない。

ペニスを扱かれながら大きく抜き差しをされ、止めどなく蜜《みつ》が溢《あふ》れる。

「……も、いくっ……いっちゃう、から……っ……」

「いくらでも」

また自分だけかと思うとちょっと悔しくて、必死にこらえようとしたが、ジョールトィはさらに煽《あお》ってくる。感じる場所を集中的に突かれて、直己は陥落した。

後孔が激しく収縮し、絶頂感を覚えた後で射精が始まる。ふたつのエクスタシーに翻弄されていると、ジョールトィが喉を反らして呻いた。下肢に伝わる脈動に、ジョールトィも達したのだと気づき、直己は逞《たくま》しい肩にすがりつく。

「……好きっ……」

とたんにむせかえるような匂いが湧いて、ジョールトィが獣のような唸りを発して結合を解いた。

「え？　えっ⁉」

「全然足りない！」

ジョールトィは直己を俯《うつぶ》せにひっくり返すと、腰を引っ張り上げて押し入ってくる。脳天まで突き上げられるような勢いに、直己は仰け反って声を上げた。

「締めるな！　いい匂いさせるな！　すぐいってしまう」

「むちゃくちゃ言ってる——あっ、ああっ……」

角度が変わったせいで違和感があるのに、それがまた新たな悦《よろこ》びを運んできて、直己はシーツを握りしめて快感に打ち震えた。

イケメンにおちゃめなヒョウ耳と尻尾、無表情で冷静かと思いきや、いろんなことを考えているし、守るべき存在に対しては優しく、一度火がつくと情熱的で饒舌《じょうぜつ》だ。

それが……俺のパートナー……。

「……ジョール……っ……」

激しい突き上げに、直己は横顔をシーツに擦られながら、後ろに手を伸ばした。すかさず手首を掴まれ、ジョールトィがすぐそばにいることを嬉しく思う。そばにいるどころかこうして繋がっているというのに、おかしなことだと笑いそうになったとき、思いきり身体を引き上げられた。

「ああっ……」

まず感じたのは深々と埋め込まれ、直己の中で存在を主張するジョールトィの雄。そして極寒の地だというのに汗みずくの背中を、厚い胸板がしっかりと抱き止めてきた。

「もう離さないっ……」

耳朶に押しつけられた唇に囁かれ、心が先に絶頂に飛んだ。それを追いかけるように、身体が歓喜に震えた。

「無理だから。ほんと無理だから」

ジョールトィにぐったりともたれながら、直己は何度目かの言葉を繰り返す。

「だってまだ全然足りないし」

「何回したと思ってるんだ。それも俺、初体験だよ」

「俺だって」

聞き流しそうになった直己は、目を剥く。

それってどういう意味⁉　男同士のエッチが？　まさか、全部ひっくるめて、とかじゃないよな⁉

「エッチしたのは直己が初めてだ」

さらりと答えられて、直己は疲れも忘れて身を起こす。

「う、嘘だ！　だって、異様に慣れてたし――」

「ネットは素晴らしいな。なんでも教えてくれる」

驚きの事実に、直己はあんぐりと口を開けた後、毛布に突っ伏した。

童貞にアンアン言わされた俺って……。

しかしジョールトィが直己しか知らないのだとしたら、当分セックスに夢中になるかもしれない。他の相手とも試してみたいとか思うこともあるかも。そもそもネコ科の動物は父親不在で、オスは繁殖時だけの存在だ。貞操観念なんてものはない。

……いやいや、そんなのだめだから！

ということは、そうならないためにも、ジョールトィのセックスライフを充実したものにするべく、直己も心して臨《のぞ》まなくてはならない。

まあ……嫌なわけじゃないんだよ。むしろ逆っていうか、あんなに気持ちいいものだとは思わなかった……。

直前のビビり加減はなんだったのだろうと思うくらい、まさに案ずるより産むが易しだった。よすぎて夢中になってしまうことが懸念なのだ。日常生活に支障が出そうで。身体中が悲鳴を上げている直己に比べて、ジョールトィはけろりとしている。

「じゃあ、毎日一回。それならいいだろ？」

「そういうことなら……」

直己の了解に、いたずらっぽく目を輝かせたジョールトィは、きっとなし崩し的に何ラウンドも持ち込むつもりなのだろう。

……ま、いいけど。

「それよりジョール、これからどうする？　調査期間が終わったら、俺はいったん日本に戻る予定だけど……機関の管理下には入りたくないんだろ？」

進化種の中には野生にとどまらず、研究所や動物園などの機関の施設にも所属せず、関係者のパートナーとして民間に暮らす者もいる。

しかしこの地を離れることを望まないだろうし、直己も彼らのためにもそのほうがいいのではないかと思う。

「直己と離れないことが第一だ。あんたが日本で暮らして働くって言うなら、マールイを連れて一緒に行く」

「……いいの？」

躊躇いがちに尋ねると、ジョールトィは笑った。

「直己のこと、ママって呼んだだろ」

思い出すまでもなかったから頷く。今朝、ジョールトィに抱かれて出ていくとき、マールイは落ちそうなくらいに身を乗り出して、直己をママと呼んだのだ。あのひと言で、絶対に彼らと離れるまいと思った。

「俺もマールイも、直己が必要だ」

「それは俺だって同じだよ。……よし、決めた。俺もずっとここにいられるように、相談してみる」

気づけば日はとっぷりと暮れていて、ずっと来栖にマールイを預けたままだったと、直己は力が入らない身体を叱咤《しった》して服を身に着け、ジョールトィと食堂に向かった。

「あー、来た来た」

来栖はソファに脚を上げて座り、マールイのための五十音カードを作っていた。

「すみません、ずっとマールイを任せちゃって」

「いやいや、これだけ時間がかかったってことは、まとまったんでしょ？　マールイは寝ちゃったよ」

来栖の視線を追うと、片隅のクッションに、丸くなって眠る仔ヒョウがいた。直己はそばに跪いて、ふかふかした毛並みを撫でる。自分の顔を覆うように、さらにぎゅうっと丸まった様子は、熟睡体勢のようだ。

「な……【な】が見つからないなあ」

来栖は諦めたように首を回して脚を下ろし、直己とジョールトィを向かいの席に招いた。

「訊くまでもないけど、カップル成立、家族も誕生ってことでいいんだよね？」

腰を下ろした直己とジョールトィは、同じタイミングで頷く。

「ジョールはもちろんですけれど、マールイも大切な存在なので、力を合わせて育てていくつもりです」

「もうママと呼ばれてるくらいなんだから、自信を持っていいよ。ステップファミリーかあ……進化種ならではだね。まあ、機関の人間としては、これからも家族が増えていくことを期待してしまうわけだけど」

「それなら心配無用」

ジョールトィが片手を上げる。

「毎日やっていれば、すぐにできる」

「ジョールっ！　なに言うんだ！」

「おー、それは楽しみだ」

来栖は拍手をした後で、報告のためかノートパソコンに手を伸ばす。キーボードを叩き始めたのを見守りながら、直己は口を開いた。

「それで相談なんですけど、ここにとどまって仕事を続けることはできますか？」

「日本に戻らないってこと？」

意外そうに顔を上げた来栖に、直己はきっぱりと頷いた。

「ジョールもマールイもここで過ごしてほしいって、俺も思うから……少なくともマールイが成長して、自分で判断できるようになるまでは、生まれた場所で暮らさせたいんです」

それにもし直己とジョールトィの間に子どもができたら、その子にもアムールヒョウが生きて暮らしてきた場所を知ってほしいと思う。

「我々のモットーは『すべては進化種のために』だからね。そういう希望なら、叶えましょうとも。本部に伝えておくよ。でも、一度は帰国してもらわないと。もちろんついてくるよね？」

後半はジョールトィに向けられたものだったが、ジョールトィは即答した。

「もちろんだ」

「となったら、明日から忙しくなるな。さっそくパスポートを用意しないと。俺はまだしばらく働くから、息子さんを連れてって」

ジョールトィは仔ヒョウを片手で抱き上げると、直己の背中を抱いて食堂を出る。ドアを閉める前に、

「あ、そうだ。【な】がつく鳥、探しといてー」

という声が聞こえ、ふたりでこっそり笑い合う。

マールイを真ん中にベッドで川の字を作ると、これまでになくしっくりくる気がした。いつも遠慮がちにベッドの縁に寄っていたのに、ジョールトィに促されるままに身を寄せ合う。

「……こういうのが幸せっていうんだな」

そう囁くと、ジョールトィが首を傾げる。

「好きな相手がいて、可愛い子どもがいて」

「子どもはもっと増える。つまりもっと幸せになるってことだ」

「そうだね」

慣れ親しんだしぐさのように、自然に二度のキスを交わした。

翌朝、目を開くと派手なヒョウ柄で視界が埋め尽くされていた。大小のアムールヒョウに囲まれて、直己はこれもまた幸せだと笑みを浮かべた。

END

CROSS NOVELS

一兎を追うもの、妻を得る

ANIDAN

Presented by Mari Asami with Ryou Mizukane

島の街を見下ろす山の上で、竹本剛《たけもとごう》はカメラをセットした。今夜はお誂《あつら》え向きの満月だ。

奄美大島《あまみおおしま》を訪れるのは二年ぶりだ。そのときに撮った写真が、旅行会社のコンテストで受賞してポスターになった。駆け出しのカメラマンにとっては大金星《だいきんぼし》で、以来、ぽつぽつと仕事依頼も入るようになってきた。

まだ専門ジャンルを絞るほどの腕はないけれど、奄美大島の写真を撮ったときは自分も心から楽しめて、もう一度同じ景色を撮りたいと、やってきた。

島内にはまだあちらこちらにポスターが貼られていて、嬉しさと、今ならもっと違う角度からのアプローチができるのではないかと意欲も湧いて、日暮れを待って山に登った。

三脚で固定したカメラのディスプレイを覗く。がっつり月をメインに撮りたい気分だったので、あえて街灯りは下方にわずかに残すだけにした。フレームの上部にかかっているヤシの葉影だけで充分だ。

気づかないほどの速度で移動していく月に合わせて、小一時間ほどシャッターを切り続ける。

ざっと確認して頷き、構図を変えようと三脚を掴むと、背後の藪《やぶ》が音を立てた。

自然の宝庫と謳《うた》っているくらいだから、島には野生動物も多い。気にせず作業を続けていると、なにかが近づいてくる気配がした。

……え？　そんなに大きな動物はいないはず……。

近年ホエールウォッチングのポイントとしても評判になっているが、ここは山だ。それにそこまで大きくない。おそらく中大型犬クラスで――。

野犬とかいるのかな……？

にわかに緊張してゆっくりと振り返ると、そこにいたのは人間だった。

十代後半くらいの男。男というには未完成で、少年、せいぜい若者といったほうがいいくらいの見た目だ。

百八十を超える竹本より拳ふたつ分は小さく、ひょろりと細い。バンダナをキャップ風に結んで被り、ちょっと伸び気味の前髪から覗く目がつぶらで、鼻も口もちんまりとしている。ボーイッシュな少女のような造形だけれど、緩めのタンクトップや膝丈のパンツから覗く手足は、まぎれもなく男の骨っぽさだ。

地元の高校生――ってとこか。

「写真撮ってるの？」

若者は興味深げにカメラに近づき、レンズ側から覗き込む。ディスプレイに若者のアップが映し出され、竹本は苦笑した。

「ああ、月をな」

「月？　あ、俺あの写真好き！　ポスターのやつ！」

思いがけず褒められて、竹本は気分をよくした。

「ワンダートリッパーの？　あれ、俺が撮ったんだ」

「マジで⁉　すごーい！　写真見たい！」

「小さいけどな、ここから見える」

ディスプレイにデータを送り出すと、若者は目を瞠って見つめた。

「わー、こんなふうになるんだ。ねえ、もうポスターみたいじゃない？　これもまた街に貼り出される？」

「残念ながらその予定はないよ。今回は完全に個人的な撮影。もう一度この島の月が撮りたくてさ」

「いいよね！　俺もこの島で見る月、大好き！」

きっと島以外で月を見たことがないだろうに、その言い方がおかしくて、しかしその純朴なところが微笑ましく、竹本は若者の肩を叩いた。

「あんっ……」

……あん？

一瞬若者は、喉を反らすようにして目を瞑る。まるでエロ系の反応のようで、この場にふさわしくないことこの上ない。だいたい竹本はただ肩を叩いただけで、なんの意図もなかった。若者のほうもそんなしぐさを見せたのは一瞬で、すぐに画像に見入っている。

気のせいか……そうだよな。

そんな想像をしてしまったのは、若者から漂う香りのせいもあるのかもしれない。肩を寄せ合うようにしてディスプレイを覗き込んで気づいたのだけれど、素朴な見た目に反して、若者からはなんとも独特ないい匂いがするのだ。いい匂い、というか、なんとなく胸が騒ぐような。

香水の類《たぐ》いではないと思う。もっと原材料っぽいような、ハーブのような。

「本物がいちばんだけど、写真もいいよねー」

「やってみるか？　教えてやるよ」

嬉々とする若者にカメラを持たせて、月がフレームに入るように構えさせた。

「できた！」

「月しか映ってないじゃないか。もうちょっと、たとえばこう向こうの山の稜線を入れるとか、枝を被せるとか――」

「わあ、カッコいい！」

ひとしきりシャッターを切らせている間も、竹本は若者の匂いが気になってしかたがなかった。できるだけ近づかないようにするのに、いつの間にか自分から匂いを嗅ごうと呼吸を深くしている。そのせいもあってか、たかだか標高五百メートルほどだというのに、高山病にでもなったかのように息苦しく、頭がくらくらした。

竹本が草の上に腰を下ろすと、若者は驚いたように近づいてきて、横にちょこんと膝をついた。

「どうしたの？」

「ちょっと休憩。疲れた。齢かな」

「ええー？　もしかしておじいさん？」

冗談のようでなく訊かれたので、竹本もつい言い返す。

「おじいさんはないだろ。まだ二十八だよ」

「二十八年も生きてるの!?」

「悪かったな。もっと生きる予定だから」

やはりなんというか、会話の感覚が違う。冗談に冗談で返せないあたり、ジェネレーションギャップを感じてしまう。

「そうだ。今撮った写真のデータ、ケータイに送ってやるよ。アドレスは？」

「携帯電話？　持ってない」

……今どきの若者が？

そんなはずはないだろう。つまり連絡先は教えたくないと、そういうことなのだろう。旅先でのささやかな触れ合いもままならないなんて、ちょっと寂しい気もするが、危険も多い昨今、用心するに越したことはないのかもしれない。

「今度会ったときに、紙の写真ちょうだい。この辺で待ってるから。俺、卯月《うづき》」

若者——自称卯月は、フォローのつもりかそう付け足した。

ま、名乗っただけマシか。

「俺は竹本剛。せっかくだから、大きめの画面で見せてやる。車の中にパソコンがあるから」

「うん！」

ふたつ返事で乗ってきた卯月を連れて移動し、道路脇に停めたレンタカーのスライドドアを開けた。カメラとノートパソコンを繋いで、画像データを表示させる。

「すごい！　俺、巧くない？　プロみたい」

「そう見えるだけだろ」

ミニバンの後部席は、機材を載せる都合上シートを倒してあった。卯月は夢中で画面を覗き込むうちに、シートに腹這いになっている。

単純っていうかガキっていうか……まあ、都会の小生意気なのよりはいいけど。

竹本は隣に腰を下ろして、リュックからペットボトルを取り出し、一本を卯月に渡した。竹本が飲み始めても、卯月は両手に包んだそれをじっと見下ろしている。

「嫌いか？」

「飲んだことない」

スポーツドリンクを⁉　これも若者特有の冗談なのか？　あるいは、知らない人からもらったものを飲んだり食べたりしちゃいけません、と教育が行き届いているとか。

「毒なんか入ってないから。まあ、いらなきゃそれでもいいけど」

「飲む！　飲みたい！」

卯月はずいぶんと開けるのに手間取ってから、鼻をボトルの縁に近づけて、ふんふんと匂いを嗅いだ。そしてぺこりと頭を下げる。

「いただきます」

「はい、どうぞ」

最初はほんのひと口、次に目を瞠って、ごくごくと半分以上を飲み干した。

「美味しい！　甘い！」

「そりゃあよかった」

竹本がボトルを口にすると、それをじっと見つめる。

「そっちは？　色が違う」

「ジンジャーエール」

卯月は身を乗り出して、竹本の口の匂いを嗅ぐ。

「ちょっ……」

「薬草みたいな匂いがする。あと——」

ぺろり、と唇を舐められて、竹本は仰け反って平らなシートの上を後ずさった。

「……なっ、ななな……」

言葉が出ない。これも若者の流行か？　聞いたことがない。

「いい匂いがする……」

卯月は目をとろりとさせて、さらに近づいてくる。それを避けようとする竹本は、あと少しで背中がシートにつきそうだ。

「……おまえっ、なにハアハアしてんだよ！」

「だって、なんか……」

脚の間に割り込まれ、さらに進んでくるものだから、竹本は思わず足で卯月を押し返した。

「ああんっ……」

「え？　あ、すまん」

股間を押してしまったらしい。同性としてそこを攻撃される痛みはよくわかるが、そんなに強く蹴っただろうか。そんなことを考えていると、卯月がのしかかってきた。

「わ、悪かったって言っただろが！」

「もっとぉ……」

「はっ!?」

卯月は鼻息も荒く、竹本の膝に股間を擦りつけてくる。その勢いたるや超高速で、たちまちいってしまうのではないかと思うくらいだ。

「ていうか、いかれちゃ困るんだよ！　人の脚でサカるなっ！」

とっとと逃げたいのに、コーナーに追い詰められてしまって身体が抜けない。そして力が入らない。

「じゃあ一緒……一緒にしよう……」

冗談じゃ――。

頬に吐息を浴びせかけられるような囁きに、むせ返るような若者の匂いを感じた。腰振りに集中しているかと思ったのに、竹本が気を取られている間に、電光石火の速さでデニムの前を開かれ、イチモツを握られる。

「うっ……」

急所を掴まれては、逃げるに逃げられない――のもあるけれど、久しぶりの他人の手の感覚に、つい身体が身を委ねて甘えたがる。しかたがないだろう、竹本だってまだバリバリの現役だ。

しかしノリノリのわりには、卯月の愛撫はお世辞にも巧いとはいえない。一方感度は超良好で、いや、よすぎるほどで、薄いハーフパンツ越しにも、竹本のデニムの太腿《ふともも》に勃起《ぼっき》の感触が伝わってくる。心なしか先走りで湿ってしまっているような気もする。

「あっ、ああっ、気持ちいいっ……」

形のいい顎と細い喉が眼前に迫って、件の匂いがなんとも欲情をそそった。

……ええい、据え膳食わぬは男の恥、ってな。

いささか古い言い回しが脳裏に浮かんで、竹本は躊躇いを振り切った。据え膳――まあ、相手は同性だけれど、ここまであからさまにアプローチされたことなどなく、おそらくこれからもないだろう。モテないとは言いたくないけれど、プラスアルファの狙いなしに、ひたすら迫られるなんて初めてだ。

竹本は卯月の腰を抱いて、転がるように体勢を変える。横臥の状態で向き合い、ハーフパンツの股間をまさぐった。たちまち嬌声《きょうせい》が耳を擽る。

「……すげえ。もう中、ドロドロだろ」

「ああん、ちゃんと触ってぇ」

恥じらいもないところが、今は逆に昂《たかぶ》る。面倒なやり取りもなく、ただ相手をよがらせ、自分も貪ればいい。

ハーフパンツを引き下ろし、ぷるんと跳ねるように飛び出してきたものを握る。すでに先走りでぬるぬるで、脈動が手のひらを叩き返してきた。

「あっあっあっ」

「ちょ、おま……」

卯月は激しく腰を振り、まるで竹本の手はオナホ状態だ。一応竹本のものも擦られているが、なおざりなことこの上ない。

……ま、いいけど。

一身に快感を貪っている姿を見るのも、それはそれで楽しい。というか、先ほどまでの純朴な若者ぶりからは想像もつかなかったエロさだ。

卯月は空いた片手でタンクトップを捲り上げ、薄い胸元に指を這わせている。ちょこんと申しわけ程度についている乳首を爪で引っ掻き、恍惚《こうこつ》とした表情で薄目を開いていた。そこにサンルーフから差し込む月光が吸い込まれるように反射して、白く光る。

竹本は裏筋を擽るように指を動かし、亀頭を撫で回す。

「ああっ、いい！　いいよぅっ……な、なに？　なにしてるの？」

「なにって……まあ、気持ちいいかなと──え……？」

手の中のペニスがびくびくと跳ねたかと思うと、射精が始まる。なんてことだ。置いてきぼりもいいところじゃないか。おまけに放出に合わせて竹本のものを力いっぱい握りしめ、快感とは程遠い刺激をお見舞いされた。

くたっと脱力した卯月を見下ろしながら、竹本は小さくため息をつく。

ま、世の中、そんなに美味しいことはないよな。

胸の中で呟いて身を起こそうとした瞬間、それより早く卯月が跳ね起きた。空気の流れに、かつてないほどの芳香が竹本の鼻腔に押し寄せてくる。

「うっ……」

眩暈《めまい》を感じて仰向けに倒れ込んだ竹本の下肢を、甘美な感触が襲った。霞《かす》む目を凝らすと、卯月が身を丸めるようにして、竹本の股間に顔を伏せている。その小さな口に頬張られているのを見て、一気にボルテージが上がった。

「……先にいっちゃったから……」

舌を伸ばして幹を舐め上げながら、ちらりと竹本を見る。黒目がちのつぶらな瞳だとばかり思

っていたのに、なんて色気のある目つきをするのだろう。

そして手よりもずっと舌使いのほうが巧い。こんなことなら初めからしゃぶってくれればよかったのに。

「……あっん、すごい……硬くて……んっ……」

今は竹本の手は離れているのだが、ペニスを弄られていたときと同じように、もしかしたらそれ以上に感じているように見えて、竹本も鼻息が荒くなる。

しゃぶりながら自分が感じてるって、男の夢みたいな反応だな……。

しかしそんなお手軽な快感も悪くはないけれど、やはり竹本としては能動的に相手を悦ばせたい。もちろんフェラチオは継続大歓迎だし、そして視覚的にこのまま愉《たの》しみたいので、竹本はそっと手だけを卯月の下肢に伸ばした。

すでに硬くなっているのは若さの賜物《たまもの》だろうと、先ほど以上にぬるぬるのそれを握って扱く。

卯月が啼き咽《むせ》ぶように呻いたのに気をよくして、タマのほうにまで指を這わせる。あまり堪え性がないようだから、刺激しすぎてまたすぐいってしまってもつまらない。

やわやわと指先でタマを転がしながらペニスの根元を刺激していると、卯月の指に触れた。

ん……？　なんでここ？

指が触れたということは、卯月は背後から手を伸ばしている。しゃぶりながら自分のものを扱いているならまだしも、なぜそっち側からなのか、そもそも届かないのでは、と視線を向けると

――。

「……う、わ……」

すでに卯月はボトムスを脱ぎ去っていて、小振りな尻を月明かりに晒《さら》していた。そして肝心の指は、その間に潜り込んでいる。

……そ、そっちもいいのかーっ！

なんてエロい、と竹本は己のものが漲《みなぎ》るのを感じた。実際、変化があったようで、股間に伏せた卯月から「ああん、大きい……っ……」とくぐもった声が洩れる。

もしかしたらアナルセックスにまで持ち込めるのかもしれないが、このままでも充分気持ちがいい。というか、とりあえずこのまま一発いきたい。そんなこんなでじっくり味わう気も失せ、竹本は一気に頂上を目指した。

息を詰めて達した竹本の代わりに、咥えている卯月がせつない声を上げる。喉を鳴らす音がして、竹本が放ったものを卯月が飲んでいるのかと、ぼんやりと思った。

「……ああ、美味しかったあ」

上体を起こし、手の甲で口を拭う卯月の満面の笑みを見て、竹本は我に返った。射精後のいわゆる賢者タイムというやつだ。

……おいおい、俺なにやってんだ⁉

改めて問うまでもない。この場で初めて会った若者と、擦り合いプラスフェラチオ――。

マジか⁉　現実か⁉

竹本が呆然としている目の前で、月光を浴びた卯月は、その造作に不似合いなほど嫣然《えんぜん》とした笑みを浮かべた。依然として卯月からはいい匂いが、今や妖艶とも卑猥《ひわい》ともいえるような匂いがしていて、ともすればそれにくらっとしそうになる。

もしかして、なんかに化《ば》かされてるんじゃ……。

なんかとはタヌキとかキツネとか。奄美大島に棲息しているのかどうかは知らないけれど。そんな非現実的なことを思ってしまうくらい、卯月の存在がありえなく思えてくる。

だってそうだろ。いきなりこんにちは、って現れて、話もそこそこにエッチになだれ込むって……。

人間なら人間で、なおヤバい。紛れもなく危ない奴だし、その上この見た目だと未成年の可能性は高く、責任は一気に竹本のほうに傾く。誘われたただのなんだの、言いわけはきかない。

「あれ？　もっと硬くなってよ」

卯月は竹本のものを握りながら、腰を跨《また》ごうとしてきた。

「うわあああっ、ちょっと待った！　ていうか終了！　撤収！」

竹本は卯月を押し返したが、それがちょうど乳首に触れたらしく、卯月が「あふん」と鼻を鳴らして手を離した。急所を奪還して、この機を逃すかとばかりに車から飛び出し、あたふたと身じまいをする。

「えーっ、剛！　続きしようよー」

剛って！　彼氏か！

心の中でツッコミを入れつつ、手早く服を整えたところで、竹本は卯月を振り返った。

「うっ……」

車から降りた卯月は不満げな顔で突っ立っていたが、下半身は剥き出しのままだ。

俺の股間も突っ立ってますってか？　なんてふざけてる場合じゃなくて！

「ズボン穿《は》いて！」

「やだ、もっとしーたーいー」

変な抑揚をつけてごねるあたり、やはりかなり若そうだ。マジで犯罪者になってしまう。

「しません！」

「そんなあ」

しがみついてきた卯月から、あの竹本を惑わす匂いがする。これももしかしたら、ヤバい葉っぱとかそういう類いなのでは、と焦る。

……と、とにかくここは穏便に、後腐れなく済まさないと……。

「もったいなくて」

「え……？」

目をぱちくりさせる卯月に、竹本は精いっぱいのおとなのしぐさを演出し、髪を掻き上げてふっと笑った。

「一度で奪ってしまうには、きみは可愛らしすぎる。次の機会まで取っておくよ」

「ほんと⁉　じゃあ次は絶対だよ！」

あっさりと信じられて拍子抜けしたが、とりあえず頷いておいた。

「……えーと、送ろうか？」

たとえ事故的な出来事でも、やることをやってしまったのは事実なので、夜の山中に置いてきぼりで逃げ出すのは気が引ける。相手はいたいけ――かどうかはともかく、未成年なのは間違いない。

しかし卯月は朗《ほが》らかに笑って首を振った。

「いい。近いから」

「じゃあ、また。遅くならないうちに帰れよ」

「うん、ばいばい！」

フリチンで両手を振る卯月を尻目に、レンタカーに乗り込んで走り出す。

「……なんだったんだ、あれは……」

いっそ夢だと思いたい。しかし両手には卯月のなめらかな素肌の感触が残っていて、とても夢だとは思えなかった。

つかの間の休暇から東京に戻ってくると、毎日は嘘のような速さで過ぎていく。

帰宅してすぐに仕事を二本こなしたこともあって、半月近く経った今日、ようやく久しぶりの休みが取れた。

細々《こまごま》とした雑用を一日かけて片づけ、食料品を買い込んでアパートに戻った。二十三区を西に外れた都下の、駅から徒歩十五分ほどのところにある２ＤＫが竹本の住まいだ。駐輪場があるので、バイクが停められるのが嬉しい。

両手にスーパーのビニール袋を提《さ》げて階段を上がり、苦労して尻ポケットの鍵を探りながら進むと、部屋のドアの前に蹲る人影があった。

え……？

間違いなく自分の部屋の前だ。ダメージなのかマジでボロいのかわからないデニムから細い足首が覗き、スニーカーに続いている。ゆるっとしたTシャツから伸びた両腕も細く、膝を抱えるようにして、キャップを被った頭も伏せている。それがふいに上がって、竹本を見た。

「……うわ――」

「剛――っ！」

跳ねるように立ち上がった卯月は、まっしぐらに駆け寄って竹本に飛びついた。首に両腕を巻きつけられ、両脚も腰に巻きつけられて、竹本は買い物袋を落とした。

「なっ、なんで⁉　どうしてここが――あーっ、卵！　卵が入ってるのに！」

身軽くひょいと竹本から飛び降りた卯月は、ビニール袋をひとつ持ち上げて中を覗く。

「あー、割れちゃってる……」

「ていうか、卯月？　卯月だよな？　なんでここがわかった？　なにしに来た？」

あのとき名乗りはしたけれど、住所は教えていない。もちろん名刺などの身分を証明するものも渡さなかった。それなのにどうしてここにいるのだろう。

混乱する竹本に、卯月はにぱっと笑った。こうしてアパートの廊下の灯りの下で見ると、思っていたよりも若い。というか幼い。確実に高校生以下だ。

そんな少年を相手になにをしてしまったのだろうと、忘れかけていた記憶が蘇って、竹本はそのまま蹲りそうになった。

「ねえ、早く開けてー。昼間から待ってたんだよ。お腹も減ったし」

ドアノブを掴む卯月に、竹本は我に返って顔を上げた。

「はあっ？　入れるわけないだろ。もう暗いんだから帰れ」

「やーだー！　続きしてくれるって言ったじゃん。だから俺――」

「うわあっ、こら！　黙れ！」

竹本は慌てて卯月の口を塞ぎ、カギを開けて部屋の中に卯月もろとも飛び込んだ。三和土《たたき》の上でドアにもたれ、大きく息をつく。

「おまえ……なに言い出すんだよ。近所の目ってもんが――」

「袋、もうひとつ外だよ」

舌打ちして玄関ドアを開け、身を乗り出してスーパーの袋を掴み、再びドアを閉めると、卯月はちゃっかりと上り込んでいた。

しまった……なにやってんだ。今が追い出すチャンスだったじゃないか。

「きれいな部屋だねー。あっ、あのポスター！　字が入ってない」

パネルにして壁に飾ってあった元の写真を、卯月はじっと見つめている。

……ったく、しゃあないか。

竹本は荷物をキッチンに置いて、居間に入った。

「ちょっと座れ」

居間はローテーブルとふたり掛け程度のソファ、その向かいにテレビとカメラ機材を載せた棚が置いてある。ソファの背後に引き戸があって、もう一部屋を寝室兼書斎として使っていた。そちらにはベッドとデスクがある。

卯月は床にちょこんと正座して、ソファに座る竹本を見上げた。

ほんとガキだな。なんでかあのときは、むちゃくちゃエロく見えたけど。

今もTシャツの襟《えり》や袖《そで》が緩めで、ちょっと動くと隙間から乳首まで覗けそうだけれど、まったく食指《しょくし》が動かない。サイズが合った服を着ろと思うくらいだ。

「……ええと、それで？　どうしてここがわかったんだ？」

「教えてもらったの」

「誰に？」

卯月が語ったところによると、翌日の夜、あの山に出向いたが竹本は現れなかった。三日ほど続けても竹本が来ないので、街に出たらしい。

そのころには、竹本は奄美大島を出て帰京していた。ほっとしながらも、何日も夜の山に出向いていたのかと思うと、ちょっと後ろめたい。

「でね、街であのポスターを見てたら、人が横に来たから『この写真撮った人、知ってる？』って訊いたんだ」

相手は観光の若者だったらしく、その場で携帯端末を使ってインターネット検索をしてくれたらしい。そこからＳＮＳに辿り着き、アップされていたバイクの写真からおおよその住所を探り当て、さらに地図検索をして、写真と一致する詳しい位置が判明したという。

卯月本人はよくわかっていないようだったが、説明を聞く限りそういうことで、竹本は青くなった。

「すげえな、今どきの若者のサイバーテクニックは……」

とにかく背景がわかる写真は早々に引っ込めようと、心に決めた。もう手遅れかもしれないけれど。現に手遅れだったけれど。

「それで、住所を頼りに来たんだ。ちょっと時間かかっちゃったけど」

「え？　飛行機じゃなくて？　フェリー？」

「船も乗った。あと、トラックとか、ふつうの車とか」

「まさかヒッチハイク⁉」

「あ、そう言ってた。いいね、あれ。お金なくても乗れるし」

卯月はあっけらかんとしたものだが、竹本のほうは驚きを通り越して感心してしまった。

「無茶な奴だな。なにごともなかったみたいだからよかったものの、辿り着けない場合だってあったただろ」

「だって、会いたかったんだもん」

無邪気に笑われると胸が痛む。その場しのぎのセリフを真に受けて、金もないのに奄美大島からはるばる東京までやってきたなんて。

「写真は？」

「えっ？」

「あのとき撮った写真、紙にしてくれるって約束しただろ」

「あ、ああ……そうだったな。ちょっと待ってろ」

データはまるっとパソコンに移したままで、見返してもいなかった。慌てて隣の部屋へ行き、パソコンを操作する。

「あっ、奄美の月だ！」

デスクに齧《かじ》りついてディスプレイを凝視する卯月の横で、竹本は取り急ぎプリンターで印刷をした。ちゃんとしたものではないけれど、スナップ写真程度ならこれで充分だろう。

「ほら、おまえが撮ったやつ」

「うわあ、ありがと！　すごい！」

「礼には及ばん。さ、用も済んだし、さっさと帰ってくれ」

卯月を回れ右させて寝室から押し出そうとしたが、しがみつかれた。

「約束はまだあるだろ！」

「ふざけるな！　だいたいおまえ、いくつだよ？　世の中には厳しい掟があってなあ、子どもとエッチしたら、こっちが罪になるんだよ！」

「子どもじゃないもん！」

「どこがだよ？　じゃあ、齢を言え！　証明書付きで！」

「おとなだもん！　交尾だってできるんだから！」

「こっ――……ばかたれ！　言葉づかいを間違ってる！」

反射的に頭を叩くと、キャップが弾き飛ばされた。

淫行も罪だけど暴力も罪だ、しかしそんなに強く叩いてはいないはず、ていうかほとんどキャップを飛ばしただけで——。

「なっ、なんだ、それ⁉」

竹本は驚きのあまり、デスク横のベッドに腰を落とした。指さす先では、卯月が両手を頭に当てている。それで隠れてしまうくらいだけれど、はっきりと見たのだ。

こいつ、耳がある！　いや、耳があるのは当たり前だけれど、人間のじゃない耳が！

「……えーと、耳？」

「ファッションか？　そうだろう⁉　島で流行のつけ耳なんだろ？」

「自前に決まってるじゃん！」

なぜか卯月はむきになって、隠していた手で耳を引っ張った。それは濃いグレーの柔らかそうな毛が生えていて、頭の大きさに比して小さめのネズミのような耳だ。

「なんで自前なんだよ？　人間の耳と違うだろ！」

なんだかひどくおかしな言い合いをしている気がするけれど、事実なのだからしかたがない。

しかし、ふと竹本は思った。島で卯月と会ったときも、あまりにも非現実的な展開に、キツネかタヌキにでも化かされているのではないかと訝しんだのだ。ロケットが宇宙へ飛び立つ現代で、そんな思考こそが非現実的なのかもしれないが、もうここは化かされていると思ったほうが、すべてに納得がいくし、問題もなくなる。

「……そ、そうか。自前の耳か、なるほど。で、それはいったいなんの耳なんだ？」

竹本が態度を軟化したのに気づいた卯月は、嬉しそうに後ろを向いて腰を振る。

「尻尾もあるよー。見たい？　見せちゃおっかなー」

「いや、耳とか尻尾とか興味ないから」

「ええーっ、そんなこと言わないでよー」

くるりと向き直った卯月は、ベッドに座ったままの竹本をぎゅうっと抱きしめる。とたんに憶えのある匂いが鼻腔を這い上がった。

しまった！

耳だの尻尾だのよりずっと厄介なものがこれだった。このせいで正常な判断を失い、淫行にふけってしまったというのに、またしてもか！

「……よ、よせ……」

「やぁだぁ……ずっと会いたかったんだもん」

やりたかったの間違いだろ！

「剛のこと思い出すと、ここがドキドキして――」

卯月は竹本の手を掴み、Ｔシャツの中へと誘い入れる。指先にぽちっと尖った膨らみを感じて、だめだと思うのにそれを引っ掻いてしまう。

「ああんっ、そっ……それ、そんなふうに触られたくて……我慢できなくて、自分で何回もしちゃった……」

卯月がTシャツを胸の上まで捲り上げると、一層濃厚な匂いが漂って、竹本から抵抗を奪う。それどころか、卯月の希望どおりに乳首を捏《こ》ね回し、細い腰を引き寄せてしまう。

当然のように向かい合わせで膝の上に跨がってきた卯月は、腰を擦りつけながら竹本の眼前に胸を押しつけてくる。

「ねえ、舐めて……剛の舌、気持ちいい。俺のおっぱい、ちゅうって吸って」

……真っ平らのくせに、おっぱいを名乗るなっ。

と、心で言い返すものの、竹本は操られるように卯月の乳首を舐め回し、思いきり吸い上げた。小さな粒がツンツンに尖って、周囲の色づいた部分まで盛り上がっている。ある意味豊満な乳房よりもエロいと思ってしまうあたり、すでに卯月の妖術の手中にはまっている。

ていうか、化かされてるなら、抵抗する意味も必要もないんじゃね？

社会的に問題があるわけでもなし、合意の上というか、ほぼ相手の指示みたいなものだから、竹本に非はない。

しきりと擦りつけてくる下肢から、緩めのデニムの前を開いてずり下げる。とうに完勃《かんだ》ちのペニスが飛び出し、卯月はすかさずそれを握って擦ろうとした。

「またおまえはそうやってひとりでサカろうとする」

今度こそ据え膳――しかも出前――をいただくことにした竹本は、散々驚かされて振り回された分、少し意地悪したい気分になった。意地悪といっても痛めつけたいとかそういうことではなく、卯月を焦《じ》らしてやろうと思ったのだ。それがいちばん効果がありそうな気もしたし、そんな卯月の姿はなかなかエロい。

そうなんだよ、不思議だよな。華奢《きやしゃ》だけど女っぽいわけでもないし、ただの小僧なのに……。

「ああんっ……」

竹本が両手首を掴むと、卯月は身悶《みもだ》えながら足元に跪いた。

「ひとりでしたいんじゃないもん……剛と一緒に……」

卯月は竹本の股間に顔を伏せ、ぐりぐりと鼻先や頬を擦りつける。そんな他愛もない刺激がデニム越しに伝わって、自分が漲るのを感じた。

「あっ、おっきくなった……ねえ、見せてっ。触りたい。舐めたい」

「好きにすれば」

両手の自由を奪われたままの卯月は、啜《すす》り泣くような喘ぎを洩らしながら頭を動かしていたが、やがて器用にも口でファスナーを下ろし始めた。少しずつだけれど、内側から勃起したものが押している分、手助けになったようだ。

「これ……これが欲しい……っ……」

開いた前立てから突き出したものを、卯月は下着の上から舐める。どこのAVだというような光景に、竹本は食い入るように股間を見つめた。

ふと気づくと、下半身がほぼ床に腹這いになっている卯月の腰が、カクカクと揺れている。ぺニスを擦りつけているらしい。

「ほんとにもう、しょうがない奴だな。床オナなんかして。それがいいなら、ずっとひとりでやってろよ」

「ええっ、やだ！」

ばっと腰を上げた拍子に、ずり落ちていたデニムが膝まで下がって、小振りの尻にちょんと小さな尻尾が姿を現し、竹本は思わず卯月の手を離した。

「な、なんだそれ⁉」

「なにって尻尾だよ。あるって言ったじゃないか」

卯月的には尻尾よりもペニスに注目してほしいのか、それとも我慢がきかないのか、両手で股間を弄り鼻息を荒くする。

「え⁉　だってネズミみたいな耳してるくせに、なんでにょろっとした尻尾じゃないんだよ？　それって……なんだ？　なんの尻尾だ？　おまえ、なんの化け物なんだよ？」

「化け物じゃないってば」

卯月はむっとしたように頬を膨らませるが、人間と違う耳と尻尾を持っていて、どこが化け物じゃないというのか。

「じゃあ、なんなんだよ⁉」

「えーと、……突然変異？」

「変異すぎるわ！　ちょっとよく見せろ」

竹本は卯月の腰を引き寄せて、ベッドの上に俯せにさせる。そっと触れた尻尾は、耳と同じく濃いグレーの毛並みでふわふわと柔らかい。猫の毛のようだ。

念のため根元から確かめてみたが、しっかり本体から生えている。つまり本物の尻尾ということだ。

「あっあっ、そこじゃなくて、もっと下も触ってぇ」

浮かせた尻、尻尾のすぐそばに、放射状に窄《すぼ》まった孔がある。その先は緩やかに膨らんで、さらに快感にきゅっと締まった陰嚢《いんのう》と、甚《はなは》だしく勃起したペニスに続く。

まるでふつうなのに、なぜケモ耳と尻尾なのか。言っておくが、竹本にはまったくそういう好みはない。ない。ないけれど――。

……まあ、可愛いと言えなくもない、か……。

たとえばこれがトカゲの尻尾とかゾウの耳とかだったりしたら、さすがに無理だが、今もって竹本のイチモツは興奮状態なのだ。ことに舐められてさらに勢いを――。

「えっ⁉」

我に返って下を向くと、ちゃっかり卯月が竹本のものにしゃぶりついていた。デニムのボタンも外し、下着ごと引き下ろされている。

「おまえはなあっ、……う……」

認識したとたん、記憶にある快感が蘇って、身体から力が抜ける。やはり無駄に巧い。とろとろの舌で撫で回されると、こっちまで蕩かされていくようだ。

それにこの匂い。あのときは屋外の車中だったけれど、ここでも同じように匂うということは、卯月自身が発しているのだろうか。まあ、ケモ耳や尻尾があるのだから、今さら匂いくらいで騒ぐことでもない。

そもそも匂い自体はいい匂いというか官能的というか、滾《たぎ》るというか――。

フェラチオに合わせて揺れる背中が、なんとも艶かしい。ガリガリに近い華奢さなのに、どこかしなやかだ。

自分でも気づかないうちに、竹本はその背中を撫で下ろし、尻の丸みを確かめ、反応して小刻みに震える尻尾を扱いて、窄まりに触れた。

「あ……っ、あ、あっ……」

卯月は唾液に濡れたペニスに頰を擦りつけるようにして、息を荒げる。同時に指先がぬるっと滑って、竹本は目を瞠った。

「え……?」

確かめるように後孔を撫でると、襞の間からまた粘液が溢れてきた。

「……へえ、濡れるんだ」

「だって、気持ちいい……んだもん。剛が触るから……」

男の尻が濡れるということよりも、ここまで準備されて無下《むげ》にできようかという気持ちが強くなる。たとえやりたい一心だったとしても、はるばるここまでやってきたことに、いじらしさまで感じてしまう。

「なんで俺なんだ？」

島にだって男はいるし、観光客だって多い。供給不足はありえない。

「……わ、かんない……でも、剛がいい——ああっ……」

指を差し入れると、卯月は仰け反ってよがった。その身体を組み敷いて、首筋に顔を埋める。濃厚な甘い香りを胸深く吸い込むと、急激に欲求が膨れ上がった。

もっと嗅ぎたくて、緩いＴシャツを卯月の頭から引き抜き、肩や腕の内側にくちづけながらその匂いを堪能する。もちろん後孔を指で探るのも忘れなかった。舌と同様にそこも柔らかくなめらかで、それでいて竹本の指を締めつけてくる。ここにペニスを入れたら、きっと吸いつくようだろう。

そんな期待と焦りで、竹本が卯月のボトムスも蹴り落とすように脱がせていると、卯月は卯月で、竹本の服をやたらと引っ張る。

「剛もっ……剛も脱いで。もっと触りたい。やっと会えたんだもん……」

なんて可愛いことを言うのか。まあ、やっと会えたというか、やっとできるということなのだろうけれど、この際、それでもいい。身体だけだったとしても、竹本にそれを責める資格はないし、身体だけでもここまで好かれたら本望だ。

「ああん、抜いちゃやだっ」

すがる卯月を制して全裸になり、改めて覆い被さる。卯月は吐息すら甘く香って、竹本は勢いのままに唇を重ねた。

「……ん、んぅ……っ……」

舌が絡みつく。とろりとそのまま溶けてしまいそうなのに、竹本の口中にまで押し入って、舐め尽くそうとする。

すべすべの身体を撫で回し、胸で尖った乳首を押しつぶすと、卯月はペニスを竹本の下腹に擦りつけて呻いた。

「……ん、はっ……いいっ……気持ちい……っ……」

両手で竹本のものを握り、それに自分のものを合わせて擦り立てる。揺れる尻を左右に広げるように掴んで、濡れた後孔に両方の人差し指を入れて開くと、卯月は自ら呑み込もうとするように腰を振った。

「ああん、……欲しっ……欲しいっ、お願いっ……もっと！」

柔軟に広がるそこに指を抜き差しすると、卯月は跳ねるように身体を震わせて、快感を訴えた。

貪欲にもペニスも刺激し続けていたので、たちまち達してしまう。熱い迸《ほとばし》りを自分のものに浴びせられた竹本は、後孔から指を引き抜いて、卯月の両脚を大きく開いた。

ばしてくる。

「だって気持ちいい……」

潤《うる》んだ目で見上げた卯月が、はっと息を呑む。後孔に押しつけられたものを知って、両手を伸ばしてくる。

「嬉しいっ……剛、して！　しよう！」

どこまでもあっけらかんと明るいセックスに、竹本は苦笑しながら腰を進めた。柔らかなぬかるみに押し入ったかと思うと、痺れるような圧迫感に包まれる。

「う、ちょっ……おまえ……っ……」

「ああっ、すごいっ！　いい、気持ちいい！　剛、いいよぅ……」

うるさいのが玉に瑕《きず》だが、無言になったら情念がこもりそうな濃厚さと快感で、適度に気が紛れる。というか、卯月の声が聞こえなかったら、腰も振らずに達してしまいそうだ。

ゆっくりと引いていく動きに合わせてすがりつかれ、押し入れれば柔らかく包まれ、味わっているつもりが、いつの間にか夢中で貪っていた。

互いの肌がぶつかる音が響く。卯月の嬌声が耳を擽り、頭の中で共鳴する。どこに顔を埋めても香《かぐわ》しく、竹本を陶酔させ、滾らせる。

「いく、いっちゃうっ……」

その声に誘われるように絶頂に導かれ、たぶん同時に果てた。何倍もの疲労を感じて卯月の上
「早撃ちめ」

に突っ伏した竹本の下肢に、変わらず妖《あや》しい刺激が押し寄せてくる。

「……待て。今、いったよな？」

「もっと」

お代わり早すぎ！

快楽に霞んだ目を上げた卯月の言葉に、そう返したかったのに、操られるように腰を動かしていた。勢いがつきすぎて、卯月を掬い上げるように膝に抱き上げてしまう。

「あぁっ、すごい！　深い！　いいっ……」

卯月は竹本の肩にしがみつき、腰を振り立てた。どこにそんなスタミナがあるのだろうと呆れるくらいに、ダイナミックかつ情熱的に快感を貪る。

竹本も次第にその波に呑まれ、気づけば卯月を振り上げる勢いで腰を突き上げていた。

二度目の絶頂も早かったと思う。アラサーの竹本としては画期的な回復力だ。三度目は——憶えていない。とにかく誘われるままに応じて、いや、白状しよう、竹本もノリノリでいつ終わったのかも記憶になかった。

それくらい、気持ちがよかったのだ。

カーテンも閉じずに寝てしまったらしく、差し込む朝日にピンポイントで目を刺激され、竹本は瞬きをした。そんな些細《ささい》な動きにすら倦怠感《けんたいかん》を覚え、何キロもの重りを持ち上げるように腕を上げる——と、指先に触れるものがあった。

ん……？

なんだろう、この感触は。ふわふわの綿毛のようで、温かい。竹本はぬいぐるみの類いをベッドに並べる趣味はないし、そもそもこの部屋にそんなものはない。

唯一思い当たったのは、コートのフードを縁取るタヌキだかキツネだかのリアルファーだが、真夏のこの時期はクローゼットの奥にしまい込んである。

柔らけー……。

つい心地よくて指を絡めていると、ふわふわの下が波打つ。竹本の動きによって生じたのではない、確実に別の生き物の動きに、竹本ははっとして顔を上げた。

「……な——」

枕の横にちょこんと蹲っていたのは、小柄なネコくらいの大きさの暗褐色《あんかっしょく》の生き物だった。

「なんだ、これっ!?」

竹本は怠《だる》さも吹き飛んで跳ね起き、勢い余ってベッドから転がり落ちた。寝ぼけていたのかと思い、期待してそっとベッドの縁から覗くと、やはり正体不明の動物がいる。

……な、なに？　ネコ？　いったいどこから……。

戸締まりは欠かさないはずと記憶を辿って、昨夜のことを思い出した。そういえば卯月が奄美大島から押しかけてきて、迫られるままにセックスをしてしまったのではなかったか。

続けて濃厚なあれやこれやを回想しそうになったところで、黒い生き物が目を覚ましたらしく顔を上げた。

……ネコじゃなかった！　ネコならまだよかったのに！　ていうか、ますますわからねえ……。

生き物は尖り気味の鼻をヒクヒクと動かし、辺りを見回している。造形はなんとなくウサギっぽいけれど、葉っぱのような形の耳はずっと短い。

ていうか、あの耳！　あれって卯月のと同じじゃ——。

ふいに生き物がこちらを見て、視線がぶつかった。息を吞む竹本の前で、生き物の輪郭がぶれて膨れ上がる。

「……っ‼」

「おはよー、剛」

全裸の卯月が突然ベッドの上に現れて、竹本はひっくり返るほど驚き、口をパクパクさせる。

「……おっ、おは……おはようじゃないっ！　どういうことだ⁉　夢か？　幻か？　な、なんで今……あれはどこいった⁉」

「あれって？」

「あれだよ！　あの黒い動物！　なんだあれ⁉」

「ウサギだよ。あれも俺」

なんだ、やっぱりウサギだったのか。それで同じ耳だったのは、どっちも卯月だからだというわけか。そうかそうか。

「――なんて納得できるわけがないだろ！　百歩譲って動物の耳や尻尾は認めてもいい。けど、人がウサギになったり戻ったりするるか！」

「んもーう、剛、声が大きい」

卯月は両手で耳を塞ぐ。そういえばウサギは耳が大きい分、聴力もいいと聞いたような気がする。

「……なあ、俺を驚かそうとしただけなんだろ？　もう充分驚いたから、正直に言え。ていうか、あの黒いのはどこだ？」

「だから俺だってば」

「無理がある！　大きさも見た目も全然違う。じゃあ、なんで変身したのか説明してみろ！」

卯月はうーん、と眉根を寄せてから、小首を傾げた。

「突然変異？」

「それはゆうべも聞いた。耳だの尻尾だのも突然変異で済まされないけど、まるっと変わるのはそれ以上だよ」

「だって見たでしょ、俺が変わったの」

「うっ……」

そう言われてしまうと、返しようがない。本当にぐにゃりと歪んで、ウサギが人間になったのだ。すり替える隙などなかった。

「……マジか……」

竹本は強い敗北感のようなものを感じて、床に両手をついて俯《うつむ》く。そもそも人間の姿なのに耳や尻尾があるところからして変なのだ。そしてそれが現実なのだから、認めるしかない。

「わかった、もう考えるのやめるわ。頭がおかしくなる——触るな！　ゆうべあれだけやっただろうが！」

ベッドの上に這うようにして、竹本の股間に伸ばしてきた卯月の手を叩き、竹本は腰を上げた。うう、腰ががくがくする……。

「もっとしたいー」

卯月は軟体動物のようにそのままベッドを滑り下り、ぴょんと立ち上がった。昨夜のセックスでは、卯月のほうが激しく動いていた気がするのだが、そして射精回数もずっと多かったはずだが、まったく疲れが見えない。若いというだけでは済まされないスタミナだ。

「すっげ腹減った……朝なんていつもコーヒーだけなのに」

「あ、俺も俺も。お腹空いたー」

その辺に落ちていた服を身に着け、居間で朝食をとる。冷凍してあったごはんを電子レンジでチンして、納豆と卵焼きと味つけノリ、それにインスタントの味噌汁というもてなし度の低いメニューだったが、卯月は大喜びで食べた。

「……ウサギにしちゃ、耳が短いよな」

よせばいいのに、つい話を戻してしまったのは、目の前で動物の耳を生やした男が飯を食っているからだろう。

「でもウサギだもん」

「まさか親父さんがウサギだとか？」

もちろん冗談のつもりだし、非現実的な現実に巻き込まれてしまった嫌味もあった。

「なに言ってんの、どっちもウサギに決まってるじゃん」

不器用にノリをごはんに巻いて頬張る卯月を、竹本は箸を止めて見つめた。

……冗談に冗談を返されたのか？

ウサギの子どもなら、人間が混ざる余地はない。突然変異ですらない。おとぎ話の世界だ。

「どうでもよくない？　べつに誰にも迷惑かけてないし」

おい、俺はどうなんだ？　と言いそうになったけれど、しっかりセックスを堪能した今となっては言いにくい。

その後も卯月は当然のように居座ったが、小食の卯月は金もかからず、セックス以外になにをねだるでもない。むしろ現在フリーの竹本にとって都合がいいばかりで、また誰かがそばにいる生活は刺激的だった。

……ま、都会見物でもさせてやれば、そのうち飽きて帰るんだろうし。

駆け出しフリーカメラマンの竹本は、お呼びがかかればまず断らない。仕事は主に、修行させてもらった先輩カメラマンの事務所から回ってくる。

その日は学生の陸上競技会の撮影を依頼されていた。

「ええーっ、留守番なの？　嫌だ、一緒に行きたい」

前日に卯月にごねられ、竹本は困惑する。

「夕方には帰ってくるよ。メシも用意しておくし」

「だって寂しい……」

卯月は竹本のTシャツの裾《すそ》を掴んで俯く。

そういえば、ウサギは寂しいと死んじゃうとかいうの、なかったたっけ？　万年発情期でエロいってのもあったたな……。

エロいほうは大正解のようだから、もしかしたら寂しがらせるのもご法度《はっと》なのかもしれない。デマや迷信で片づけるには、万が一のときにリスクが大きすぎる。

「わかったよ。助手ってことで連れてく。けど、勝手に動き回ったりするなよ？　迷子になったら置いてくからな」

そう念押しして、卯月をバイクの後ろに乗せ、競技場に向かった。

競技会はトラック競技のみだが、同時にいくつもの種目が進行するので、竹本は大忙しで飛び回った。途中までは卯月がついてくるのを確認していたのだが、やがて撮影に夢中になってしまって頭から消えた。

ひととおり満足できるものが撮れて、ふと我に返ると、卯月の姿がない。

「あれっ……？」

機材を担いでトラックを回り、観覧席も覗いてみたが、見つからない。

……なんだよ。あれほど勝手に動くなって言ったのに……。

離れたら置いていくとも言ってあるのだから、そのとおりにしてもかまわないのではないか、むしろ厄介払いできるチャンスなのではないかと頭をよぎったが、竹本の足は選手控え室や出入り口に向かった。

本気で呼び出しをかけてもらおうかと思いながら、競技場に併設されたグラウンドへ足を伸ばすと、ジャージ姿の学生たちが並んでざわめいている。

「どこの子？　中学生？」

「さあ？」

「小池《こいけ》の奴、本気出すなよ。泣かれるからな」

人だかりの間から覗き見ると、はるか先にランニングシャツに短パンの学生と卯月が並んでいた。少し離れてもうひとりジャージ姿の学生がいるのは、もしかしたらもしかして——。

パァンと手を叩く音と、竹本が叫んだのは同時だった。

「待てっ……！」

しかし走り出した両者は止まらない。声援がうるさくて、きっと竹本の声も聞こえなかっただろう。

やがて声援がどよめきに変わる。それはそうだろう、一応陸上選手なのだろう学生を、卯月はぐんぐん引き放していくのだ。

こ、こんなところにもウサギの特徴が……！

「うっわ、速！」

「速いなんてもんじゃねえ！　どこの子だ⁉」

「監督呼んで来い！」

慌てるばかりで身動きが取れない竹本の目に、卯月のキャップが風に煽られてふわりと脱げそうになるのが映った。

やばっ……！

こんなに大勢の前でウサ耳を見られた日には、言いわけのしようもないと、竹本の心臓が大きく跳ねた。

しかし卯月は片手でキャップを押さえ、事なきを得る。そんな体勢で速度が緩まないものだから、学生は大騒ぎだ。

竹本は必死に進行方向へフィールドをショートカットして先回りすると、近づいてくる卯月に手を伸ばした。

「あっ、剛♪」

卯月が手を握ったと見るや、一目散にグラウンドの出口を目指す。なにしろ敵は陸上選手たちだ、いつ追いつかれて捕まらないとも限らない。

そのまま駐車場まで一気に駆け抜け、竹本はバイクに機材を乗せたところで肩で息をする。隣の卯月はけろりとしたものだ。

しかしこれは、決して竹本が運動不足というわけではない。まあ、まったくないとは言わないけれど、カメラ機材を抱えていたし、そもそも卯月の身体能力が高すぎるのだ。

「……っおまえ、なあ！　なに考えてんだよ！」

「だって退屈だったんだもん。なんか楽しそうだったし。ねえ、見た？　俺、速かったよね！」

「自慢になるか！　それにどうせ走るなら、途中で昼寝して負けろ」

「なにそれ？」

卯月はきょとんとしている。ウサギとカメの話を知らないらしい。

「とにかく、人前で走るのは禁止！」

竹本はしっかりと約束させた。

しかし問題はそれだけではなかった。

数日後、イタリアンバルの宣材写真を依頼された竹本は、卯月を連れて現場に向かった。

もちろん事前に、念入りに注意しておいた。

「いいか？　俺の目が届かないところに行かない、店の人に話しかけない。それと、耳は絶対に出すな」

「尻尾は？」

「どうやって出すんだよ？　人前でズボン脱ぐのか？」

言い返してから、卯月ならやりかねないと思った。なにしろ見境のないエロウサギだ。

「尻尾もだめに決まってる。とにかくおとなしくしてろ」

まるで幼児を相手にしているようだ。しかし言動は妙だが、知能的に問題があるわけではない。できの悪い高校生程度には学習知識もある。

ちなみに齢を訊いたのだが、「見た目どおり、平均的」と返された。苗字や住所その他と同様に、明かす気はないらしい。

庶民的な内装のバルは、経営者もスタッフも女性というのが売りで、若者や男性グループに人気だという。

エントランスから始まって、テーブル席やカウンターなどを角度を変えて撮影する。ときおり卯月を見るが、隅っこのテーブル席にちょこんと座っていた。あれはあれでなんのための助手なんだろうと思われるかもしれないけれど、動き回られるよりはましだ。

　壁や仕切りに飾られたインテリアを撮ったところで、竹本は興味深げに見ていたスタッフを振り返る。

「せっかくですから、スタッフの皆さんも撮っておきましょう。きれいどころが揃ってるのに撮らないのはもったいない」

　きゃあきゃあとはしゃぐ女子たちを並ばせて、何ポーズか写す。使うかどうかは先方の自由だし、これもサービスだ。

　その後、料理の撮影に入った。コースメニューをひとまとめに写したり、京風酒場のおばんざいのように、ふだんカウンターに並べてあるというつまみ類を写したりする。

「いやあ、旨そうだ。酒が進みそうですね」

「よろしかったらお持ち帰りになりませんか？　今、包みますから」

「そんな……ありがとうございます」

　スタッフがいそいそと料理を分けているのを待ちながら、機材を片づけていた竹本は、卯月の姿が見えないことに気づいて、ぎくりとする。

　……あんなに言ったのに、どこ行った⁉

　そっと店の中を探し、個室のほうへ向かうと、手前の市場風に野菜をカゴに盛ってディスプレイしてあるところで、蹲っている卯月を発見した。

「なにやってる？」

声をかけると、卯月ははっとしたように振り返る。その手にはニンジンが握られ、口端からクレソンが垂れていた。

「……おまえはっ！」

小声で叱責《しっせき》し、ニンジンを奪ってカゴの中に突っ込む。

「だって美味しそうだったんだもんー」

「だからって店のもんを食うな！　しかも生で丸かじりって……」

ウサギだというなら、生野菜を欲しがるのも道理なのだろうか。たしかにろくな自炊をしない竹本の部屋には、そういった買い置きがない。たいてい温めるだけで食べられる状態のものばかりだし、野菜を取りたければパックのサラダを買う。

「帰りに買ってやる。ニンジンでもキャベツでも」

「ほんと？　やったー！」

「どうかしましたか？」

紙袋を手にスタッフが顔を覗かせたのを、竹本は愛想笑いでごまかした。

「いいえ、ここ、もう少し撮ろうかと思ったんですけど、だいじょうぶでした。あ、それお土産ですか？　ありがたくいただきます」

「やっぱり同行禁止。落ち着いて仕事ができない」

「えぇーっ、やーだー」

ごねる卯月を家に残して、竹本は撮影に出かけた。今回は先輩カメラマンのアシスタントを兼ねているので、いずれにしても卯月は連れていけない。

……だって、なんて説明すんだよ？

居候《いそうろう》にしたって怪しまれる。しかも穿鑿《せんさく》好きな先輩のことだから、きっと卯月に根掘り葉掘り尋ねるだろう。卯月のズレた返答を想像するだけで気を揉んでしまう。

しかし留守番させればさせたで、卯月のことが気にかかった。部屋を汚されたりなにか壊されたりするのはまだいい。今ごろ腹を立てているか、不貞腐《ふてくさ》れているか——どうやってご機嫌を取ろうかと考える。

ま、だいたい生野菜とエッチで忘れそうだけど。

モデルの気まぐれで、撮影は予定時間を大幅に超過した。モデルが帰り、後片づけをしながら、先輩がぶつぶつと愚痴《ぐち》る。

「もう嫌だ。あのモデルは二度と使わん。なあ、たけもっちゃん、どこかに性格のいいエロカワなモデルいない？」

いますよ、うちに。でも先輩、隙あらば脱がそうとするでしょ。

「さあ……」

竹本は曖昧《あいまい》に答えて、帰宅の途に就いた。

ふつうご機嫌取りにはケーキや花が定番だろうけれど、閉店間際のスーパーに飛び込んで、ブロッコリーとリンゴを買った。

「ただいまー……」

そっと玄関ドアを開けて隙間から覗く。中は真っ暗だ。寝てしまったのだろうか。

……なんだ。気にして損した。

ちょっとがっかりしながら靴を脱いでいると、暗がりからものすごい勢いで足音が迫ってきた。

顔を上げた瞬間、タックルされて顎をしたたかにぶつける。

「あだっ……」

「剛っ……！」

ぐいぐいと押されて、玄関ドアに張りつけ状態になり、竹本は喚《わめ》いた。

「待て！　ちょっと待て！　荷物、下ろしてから！　いくらすると思ってんだ、俺の商売道具！」

それでもしがみついてくる卯月を引きずるようにして、まずはカメラケースを避難させる。それからスーパーの袋を卯月に預けて、部屋の灯りをつけた。

「うっわ、なにその顔」

涙と鼻水でぐしゃぐしゃだ。それでもリンゴの匂いを嗅ぎつけたらしく、袋から掴み出している。

「……おっ、美味し……そうっ……うっ、ぐ……」

どうにかソファに腰を下ろし、しゃくり上げている卯月の背中を撫でた。

「ああ、遅くなったお詫《わ》びだから、食べていいぞ。ブロッコリーも入ってるだろ」

ティッシュで顔を拭いてやり、心なしか湿っているウサ耳を撫でる。

「……さび、寂しかったっ……あ、美味しい……うぐっ……」

「泣くか食べるかどっちかにしろ。いや、泣くな」

自称ウサギだが、卯月の目は黒い。しかし今はどれだけ泣いていたのか、充血して真っ赤だ。しゃくり上げながらも、前歯の跡をリンゴにつけていく卯月を眺めつつ、竹本は妙な気分を味わっていた。

泣くほどのことか……？　でもなんか……可愛いっていうか、いじらしいっていうか……。

卯月は竹本を見上げ、また目を潤ませた。

「……帰ってこないかと思った……」

「なんでだよ？　俺のうちだし。おまえのほうこそ、騒ぎすぎだ」

卯月はリンゴにかぶりついて、ほっぺたを膨らませながらしゃくしゃくと音を立てる。

「寂しいんだもんっ……ひとりでいると、誰かのところに行きたくなる……」

……なにっ⁉

ひとりが寂しいのを回避するにはみんなで騒ぐ、というのは理解できるパターンだが、卯月の場合意味合いが違う気がした。

つまり、適当な相手を引っかけるってことか？　なんだそれは！

「だめに決まってるだろ！」

思わず卯月の肩を掴んでしまい、目を瞠った卯月の口端から、リンゴのかけらが落ちた。

「あ……いや、そのつまり、耳だの尻尾だの見つかったら、大騒ぎになるだろ」

それに、卯月が自分以外の誰かとセックスするなんて、なんだか面白くない。非常に不愉快だ。

……いや、なに考えてんだ俺。べつにこいつとはなんでもないし……そりゃ、毎晩エッチしてるけど、それはせがまれるからで……そうだよ、こいつだって宿と食事とエッチが目的で居座ってるだけだし。

しかし考えれば考えるほど、現状がひどくぎこちないものに感じられてくる。卯月と自分の関係はそういうものなのか、と。

卯月はいつの間にかリンゴを食べ終え、ブロッコリーを手にしていた。そっと窺うように竹本を見上げる。

「食べていい？」

頷いて卯月を抱き寄せると、ブロッコリーを放り出して抱きついてきた。

「明日、一緒に出かけるか？」

「いいの？」

「仕事じゃない。遊びに行こう」

その後、初めてのお出かけに大喜びしながらも、ちゃっかりセックスをせがんでくる卯月に、一回だけと約束しつつけっきょく三ラウンドもつきあってしまった。まあ、しかたない。卯月とのセックスは心地よく楽しい。

翌朝、おにぎりとスムージーで腹ごしらえをして、卯月をタンデムシートに乗せてバイクを走らせた。行先は隣県の渓谷だ。

道中はさすがに照り返しで暑かったけれど、山中を進むにしたがって、空気も爽《さわ》やかに澄んでくる。

駐車場にバイクを停めて、送迎バスに乗り込む。

「これで川上まで行って、そこから船で川を下るんだ」

竹本の説明を聞いているのかいないのか、卯月は窓ガラスに顔を押しつけるようにして、外を眺めている。

「東京にも山があるんだね」

「いや、東京じゃないけどな。山は都内にもあるよ」

こんなに夢中になっているということは、そろそろ奄美大島が恋しくなってきているのだろうか。それなら好都合のはずなのに、ちょっと引っかかる。

なにを考えてんだ、俺。ずっと置いておくわけにはいかないだろ。だいたい期間限定だからこそ、無責任に楽しんでるってもんで――。

ウサ耳に尻尾なんかついていて、ときにはウサギもどきの生き物に変身して、無邪気で明るくて泣き虫で、とびきりエロくて。

可愛い、と思う。

おとなで狡い竹本は、今はもう少し長く卯月とつきあいたいと思ってしまうのだ。

「これ船なの？　沈まないの？」

無遠慮な言動で船頭と他の客を苦笑させて、ライン下りの船に乗った卯月は、水流に揺れる船の縁を掴んで、水面すれすれまで身を乗り出した。船頭の注意を受けて、代わりに竹本が謝り、卯月の首根っこを引っ張る。

やれ船が揺れたと言っては子どものようにはしゃぎ、水しぶきが跳ねたと言っては大仰《おおぎょう》に身を捩る。

「楽しいか？」

「うん、とっても！　剛も一緒だし」

やがて船着き場が近づき、川の流れも緩やかになると、卯月は川の両岸にそびえる崖を仰ぐように見上げた。晴天の空に濃い緑が枝を伸ばし、目に染みるほど鮮やかだ。

竹本は思わずカメラを構え、卯月の横顔にピントを合わせた。シャッターの音に卯月が振り返る。水音に掻き消されていたはずなのに、卯月の耳は敏感だ。

「あ、撮った。もう、ちゃんと言ってよ。ポーズとるのに」

「自然なほうがいいんだよ」

そう、こんな自然の中でこそ、卯月は生き生きして見える。

船を降りて、再びバイクで移動する。次に向かったのはハイキング登山のコースだ。しかし特に頂上を目指すつもりはない。

てきとうに散策しながら、繁《しげ》みに分け入ったり、アスレチック遊具のある公園のような場所で遊んだりして過ごした。夏真っ盛りとあって登山客も少なく、多少騒ごうとおかしな行動をしようと、見咎《みとが》められる心配もない。

「うっわー、広ーい！」

これといってなにもない草原を、卯月は両手を広げて駆け回った。草丈が腰近くまである場所もあるのに、ぴょんぴょん跳ねて進み、姿が見えなくなったかと思うと、思いも寄らない距離から顔を出したりする。

これは……少なくともウサギの身体能力があるのはマジなんだな……。

卯月のふつうではないあれこれについて、竹本もまったく不問にしていたわけではない。本人に尋ねてもらちが明かないので、自分で検索をかけてみたり、図書館に出向いたりまでしてみた。

しかしいずれもおとぎ話の範疇《はんちゅう》や都市伝説まがいの噂《うわさ》しかなくて、リアルな情報は得られなかった。

それでも現実に卯月は竹本の前にいるわけで、これはもう訝しむよりも貴重な出会いを満喫するべきだという結論に達した。

卯月は卯月だ。そして竹本は、そんな卯月を憎からず思っている。

「あっ……！」

卯月の声に目を向けると、キャップが脱げてしまったらしく、慌てて頭を押さえながら周囲を見回していた。

「見つからないのか？」

竹本が声をかけると、はっとして叢《くさむら》にしゃがみ込もうとする。

「ごめん、気をつけてたんだけど……」

どこがだよ？　夢中で駆け回ってたじゃないか。

しかし竹本のほんの思いつきのもてなしを、卯月がそれほど気に入って喜んでくれた証拠のようで、注意する気にはならない。

「今、行く。一緒に探してやるから」

卯月のほうへ向かう途中でキャップを見つけて拾い上げ、それを差し出す――。

「うわあっ！」

――つもりが、竹本は焦ってキャップを放り出した。宙でキャッチした卯月は、キャップの内側を見て笑う。

「カナブンだよ。こんなのが怖いの?」

「怖いんじゃない! 虫全般が苦手なだけだ!」

「そういうのを怖いっていうんじゃないかなあ」

「うるさい! 遅くなるからもう行くぞ!」

草原を引き返す間も、卯月はたびたび地面や竹本の背中などを指さしては、ミミズだのバッタだのと騒ぎ、けらけら笑っていた。

「……ほら。帰る前に、ウサギになってひとっ走りしてこいよ」

竹本が促すと、卯月は目を瞠る。

「どうして……そうしたいって思ってたの、わかったの?」

驚き半分期待半分のつぶらな瞳に、竹本は頷いた。

「うちの近所じゃできないからな。思う存分発散しとけ」

卯月はぱあっと笑顔になる。

「ありがと! 剛、大好き!」

たちまち若者の姿が消えて、代わりに小さな黒いウサギが現れた。それも一瞬で、黒い塊は叢の中へ姿をくらます。ときおり叢がざざっと音を立て、それがどんどん遠ざかっていく。やがて音も聞こえなくなり、ただ草が揺れるのをわずかに確認できるだけになって、竹本は妙な不安に襲われた。

このまま戻ってこないんじゃ――。

「……卯月っ……！」

気づいたときには叫んでいた。

遠くの叢が大きく揺れたかと思うと、そこからまるで一本線を描くように草の揺れが竹本のほうへ迫ってくる。

最後に黒いウサギが叢から飛び出してきたのを、竹本は両手を伸ばして受け止めた。


いつかは帰さなければならない――日帰り旅行以来、その考えは竹本の胸にこびりついた。

しかし卯月は相変わらず帰郷のそぶりを見せず、竹本の帰宅を大歓迎で迎える。

「おかえり！　ごはん？　お風呂？　それとも俺⁉」

「またくだらない情報を仕入れて……はい、おまえのごはん」

高級スーパーの袋を渡すと、そこから出てきた無農薬のチンゲンサイやパセリ、ラディッシュといった野菜類と、アーモンドとベリーのクッキーに目を輝かせた。

「すごーい！　じゃあ、ごはんの次に俺ね」

「風呂も使わせてくれ」

竹本用には焼肉弁当だ。卯月も食べないことはないけれど、ひと口ふた口でごちそうさまをしてしまうので、少し分けてやり、あとは野菜その他でエネルギー補給させている。

「べつに高い野菜じゃなくていいんだよ」

そう言いながら、ラディッシュを根っこから葉っぱまで咀嚼していく。たいてい生で食べるので、やはり少しでも身体によさそうなものを選んでしまう。それに味も違うのではないかと、食べもので釣る意味もある。

もし卯月が明日帰ると言い出しても、一日二日くらいは延ばせるかもしれないと、そんないじましい努力だ。言葉で引き止めてはいけないと思うから、せめてもの抵抗なのだ。

……でも、絶対に帰さなきゃいけないものか？

ここ数日はそんなことまで考えてしまう。

しかし現実問題として無理だ。たとえばこれがふつうの若者だとかふつうのウサギなら、対処法はいくらでもある。若者なおかつウサギというのが問題だ。

いちばん簡単なのは、卯月にウサギとして過ごしてもらうことだけれど、それは竹本のエゴでしかない。それに、ウサギを飼いたいわけではないのだ。

卯月を卯月として、可愛く離れがたく思っている。

そんなときに、武蔵野《むさしの》動物園から撮影依頼が入った。

以前にも仕事をしていて、そのときは赤ちゃんパンダのグッズの元になる写真を撮った。その縁で、来年のカレンダーの写真撮影を依頼してくれたのだ。

竹本は久しぶりの動物撮影に、念のため事前に動物園を訪れて、動物たちのしぐさや表情を研究することにした。オフ扱いなので、卯月を連れていくことにする。

「動物園って、いろんな動物がいるんだよね？　楽しみ！」

そう言っていた卯月だが、駐車場にバイクを停めたあたりから挙動不審になった。やたらと竹本にしがみついてくる。

「どうしたんだよ？」

「声がする……それに匂いが……」

動物園ともなれば当然動物の声があちこちで聞こえるだろうし、辺り一帯に獣の匂いも染みついているだろう。しかし武蔵野動物園は掃除も行き届いているし、動物たちも充分に世話をされているように見えるし、比較的クリーンな印象を竹本は持っている。

「心配すんな。虫よりは大きいけどさ、みんな柵の中にいるから」

一般客としてチケットを求めて園内に入ると、卯月はますます竹本にへばりついた。そんな卯月を和ませようと、小動物や鳥類のエリアから回る。

「おっ、カピバラだ。この辺も外せないかな？」

カレンダーになる動物の選定はまだだけれど、撮りやすいのはやはり動きがゆっくりしている動物だ。

「……おっきくない？」

「まあ、ネズミとしては大型だよな」

「ネズミなの⁉」

ウサギやヤギがいるふれあいコーナーはあえて外して、鳥類のほうへ向かう。

や、だって、触発されて変身されたりしたら大ごとだし。

「……み、見てる……ねえ、睨んでるよ……」

卯月が竹本の背中に隠れたのは、ハシビロコウの前だった。彫像のようにじっとしてこちらを見ているが、近づく前からこの状態なので、こちらを見ているとは限らない。

「うーん、最高に撮りやすい。けど、ポーズを変えてくれないのが玉に瑕だな」

ペンギンやフラミンゴなど群れを作る動物たちの、バラエティに富んだしぐさをフレームに収めるのも、変化があって楽しい。

園内を歩きながら、竹本は隣の卯月を見下ろした。

「ずいぶん無口だな。つまらないか？」

卯月はぶんぶんと首を振る。視線はひっきりなしに動いて、退屈なようには見えないが、なんとなくびくびくしている。

ふいに卯月の足が止まったのは、猛獣エリアに踏み込んだときだった。

「どうした？　だいじょうぶだよ、みんな出てこないから」

「ほんと……？」

出入り自由だったら大問題だ。それ以前に、無事では済まない。

卯月の肩を抱くようにして進むと、広い展示場にユキヒョウの親子がいた。卯月が小さく息を呑む。

「かっわいいな。二頭も生まれたのか。あ、さすがメスは美形だな」

竹本の呟きに、奥のほうの模木の上から見下ろしている母ユキヒョウが、一瞬視線を鋭くしたような気がした。

「にっ、睨んだ……」

「気のせい気のせい。なにも気に障るようなことしてないだろ」

隣の展示場にはユキヒョウのオスが二頭いて、うろうろと落ち着きなく動き回っている。卯月はもう竹本の背中にしがみついて離れない。

「えっと、次はアムールトラ――」

そのとき大きな雄叫《おたけ》びが聞こえて、さすがに竹本もぎょっとした。しかし卯月の驚きは半端なく、一瞬で姿が消える。いや、変化してしまった。

「卯月っ……！」

慌てて呼んだものの、小さな黒ウサギはまさに脱兎のごとく飛び跳ねて、展示場の間の細い通路に駆け込み、さらに後方の草藪の中に行ってしまった。

つかの間呆然としてしまった竹本は、我に返って後を追った。草藪は柵で仕切られていたので、それに沿って進みながら卯月を呼ぶ。

「卯月！　戻ってこい！」

しかし草藪はこそりとも動かない。それだけでなく、そこに卯月がいる気配がしなかった。

強い後悔が押し寄せる。最初から卯月は乗り気ではなかったではないか。卯月が本当にウサギの性質を持っているなら、他の動物と積極的に関わろうとするはずがないのだ。

それなのに竹本は、怖くないから、檻《おり》から出てくるわけじゃないから、と自分の尺度で卯月を連れ回した。

たとえば自分が檻に入れられて海に沈められて、周りをシャチが旋回していたとして、それでも怖がらずにいられるだろうか。

猛獣エリアを離れて、鳥類や小動物のところも回ってみたけれど、卯月の姿はなかった。ふれあいコーナーでは、ウサギ一羽一羽を確かめもした。

どこ行ったんだよ……？

人の姿に戻っていればまだしも、ウサギのままでうろついているのを見つかったりしたら、捕えられてしまうのではないか。あのパニックぶりでは、ふだんのすばしっこさも影を潜めてしまっているだろう。

もう、あれに頼るしかないかな……。

竹本は案内所を振り返った。迷子の園内アナウンスをしてもらおう。卯月が気づくかどうかはわからないけれど、他に手が思いつかない。

しかしなんて言えばいいんだ？　十代の少年を、って？　苗字はなんて言ったらいいんだ？

そんなことを考えていると、アナウンスが流れた。

『お呼び出しを申し上げます。竹本剛さま、竹本剛さま、お伝えしたいことがございますので、最寄りの案内所までお越しください』

……え？　まさかの卯月から逆呼び出し？

動物園に来るのも初めてのようだったのに、呼び出しをかけるなんて技を使うとは、と思いながら案内所に駆けつけると、卯月の姿はなく、係の者が来るので待つように言われた。

「あっ、やっぱり竹本さんだ」

しばらくしてやってきたのは、ジャイアントパンダ担当の飼育員の砂場崇志《すなばたかし》だった。以前の仕事で面識がある。

「あ……ご無沙汰してます。その節はありがとうございました」

「いえいえ、こちらこそ凛凛《りんりん》を可愛く撮ってもらって……いや、もともと超絶可愛いんですけどね」

「はあ、あの、それで……」

「あ、そうだった。ちょっと一緒に来てもらっていいですか？」

砂場に導かれ、案内所後ろのスタッフオンリーの鉄扉を潜る。武蔵野動物園はかなり広い敷地を持つが、その半分以上がいわゆるバックヤードになっている。動物たちの控え室だけでなく、業務や飼育関係の施設や、従業員の寮などもあるらしい。竹本が撮影に訪れた際には、その中のスタジオのような場所を使った。

建物に入って通路を進む。診察室や保育室といったプレートを横目で見ながら、卯月はどこだろうと気が焦る。

ていうか、卯月の件なのか？　それならそうと、先に言ってくれそうなもんだけど。でも、俺が動物園にいることは、誰も知らないわけだし……。

砂場はドアを開けて、竹本を振り返った。

「どうぞ」

会釈して部屋に入ると、人型の卯月が動物園スタッフに囲まれていた。

「剛っ……！」

卯月は駆け寄って竹本に抱きついた。見たところ、けがもなにもないようだ。竹本も安堵して卯月を抱き返すが、ウサ耳が露《あら》わになっていることに気づいて血の気が引く。

「……えっと、あの、これは……」

言いわけのしようもなく言葉に詰まる竹本に、白衣を羽織った眼鏡のスタッフが口を開く。

「失礼ですが、この子とはどういうご関係ですか？」

「どうって……ちょっと同居中で……」

「同居！　彼と？」

目を輝かせる白衣スタッフに、竹本は思わず卯月を背後に匿《かくま》った。なんだか妙にテンションが高いのだ。

「ああ、失礼しました。私は入矢《いりや》と申します。ふだんは北海道の研究所のほうにいまして、たまたま所用で上京していたんですが、いやあ、ラッキーだ！　まさか彼に出会えるなんて！」

「彼……って、卯月のことですよね？　お知り合いですか？」

「ぜひお近づきになりたく思っていました！」

なんだ？　どういうことだ？　それに研究所って……動物園じゃなく？

「入矢さん、俺が代わります」

砂場が間に入って竹本を見た。

「同居ってことは、彼に耳や尻尾があるのも承知ですよね？　他の姿になったのも見たことがある？」

なんと答えたらいいのだろうと思ったが、卯月がすでにこの状態なので、竹本は頷いた。

「アマミノクロウサギだってことも？」

「あまみの……？」

砂場の言葉をおうむ返しにしかけた竹本は、息を呑んだ。

そういえば、奄美大島にはそういう名前の天然記念物がいたはずだ。特に興味もなかったので、思い出しもしなかった。

「こいつが……？　でも、人間じゃないですか。突然変異だって言ってましたけど……」

「ざっくり言えば、まあ突然変異なんだろう」

そう答えたのは、奥に座っていたスタッフで、やはり白衣を羽織って眼鏡をかけていたが、入矢とはまったくタイプが違う。眼光鋭く迫力がある。

「当園の獣医師の垣山《かきやま》先生です」

砂場の紹介に、竹本の背後で卯月が身を縮める。どうやら垣山が怖いようだ。竹本は無意識に卯月を庇いながら垣山の話を聞いていたが、その内容は驚くべきものだった。

近年、絶滅危惧種を中心として、進化種と呼ばれる個体が現れているという。彼らは人の姿に変化でき、人語を解し、人間とのコミュニケーションもとれる。

「他にもさまざまな驚異的能力を持っているが、長くなるから省略だ。言っておくが彼らの存在も、それを保護研究する我々の組織も、一切公《おおやけ》にされていない、トップシークレットだということを肝に銘じておけ」

ふん、と鼻息も荒く説明を終えた垣山に、竹本はビビりながら答えた。

「そういうことなら聞かせないでほしかったんですけど……ていうか、俺がスクープしたらどうするんですか？」

「組織が抹殺する」

「マジでっ⁉」

声を裏返した竹本の肩を、砂場が叩く。

「冗談ですって。竹本さんを信用して打ち明けたんですよ。進化種が気に入る人間というのは、不思議と彼らに好意的なんですよね。そういうところも能力のひとつなのかな」

「しかしアマミノクロウサギの進化種は初めてです。実は彼らの中にこそ進化種の登場を待ちわびていたんですが、ああ、とうとう来てくれた！　卯月くん、きみは救世主だよ！」

入矢が手を握ろうとするのを、卯月は竹本を盾にして逃げ回る。

「やーだー！　剛、もう帰ろう？」

「ちなみに卯月くんとはどこで知り合ったんですか？　奄美大島ですよね？　ということは、野生の進化種？　ねえ、卯月くん、他にも進化種はいるのかな？　なにしろアマミノクロウサギは、推定二百羽しかいなくて――」

「二百⁉　たったの？」

驚く竹本に、入矢は大きく頷く。

「レッドリストにも載っている絶滅危惧種です」

竹本はまじまじと卯月を見つめた。

そんな数少ない生き物の、そのまた希少な進化種――。

世の中の事情を知る卯月がいれば、ふつうのアマミノクロウサギの何倍もの子どもが生まれるかもしれない。種の減少にストップをかけることだって可能なのだ。

そんな卯月を、竹本が個人的にそばに置いていていいのだろうか。アマミノクロウサギという言葉も浮かばなかった竹本といて、卯月の身になにかあったらどう責任をとる？　いや、なにをしたって償えない。

「……すごく大事な存在ってことですね……」

「言ったでしょう、救世主なんですよ」

入矢の言葉が重くのしかかった。

「俺……なにも知らなくて。食べちゃだめなものとかもあまり気にしてなかったし、ふつうに人扱いしてたし……」

さすがに毎晩セックスしていたとは口に出せない。

「そういうことなら、機関で預かるのがいいと思います」

砂場に言われて、頷こうとすると。背中にしっかりとしがみつかれた。

「嫌だっ！　剛と一緒にいる！」

卯月の言葉に胸が苦しくなった。そこまで気に入られていたのが嬉しく、同時に離れなければならないことがつらい。

「ここには他の進化種もいるよ。彼らの話を聞くのもいいと思うけどな。今まで自分がそうだってことも知らなかったんだろ？」

砂場が慰めるように卯月の頭を撫でるが、しがみつく力がいっそう強くなる。

「いらない！　知らなくてもいい！　俺は俺だもん！　剛と一緒がいい」

途中から泣き出した卯月を、砂場と入矢が宥めるが、思いがけずに助け舟を出したのは垣山だった。

「あまり興奮させないほうがいい。とりあえず様子見ということで、今日は任せたらどうだ」


ぜひそうさせてください、と竹本のほうからも頼み込んだのは、竹本もまた卯月と離れがたくなっていたからだ。

一緒に帰宅する流れになっても卯月は泣きやまず、何度バイクから落ちそうになって、ひやりとしたことか。

アパートに戻ると、卯月は安心したのかその場に崩れるように倒れて、すうすうと眠った。竹本はそんな卯月のそばで、ずっと寝顔を見ていた。

動物園なんかに連れていかなければよかった。そうすればなにも知らずに、今も卯月と面白おかしく過ごしていたのに。

卯月の輪郭がすうっとぼやけて、小さな黒いウサギに変わった。こんなに小さくて頼りない生き物が、竹本に会いたい一心ではるばるここまでやってきてくれたのかと改めて思うと、いじらしくて胸が苦しくなる。

そんな卯月に、自分はどれだけのことを返してやれただろう。ちょっとした気晴らし、つかの間の非日常なら楽しんでおこう、そんな気持ちで対峙していた。

それが……本気になってたなんてな……。

カーテンを閉めようと窓辺に寄ると、満月が皓々《こうこう》と浮かんでいた。

かぐや姫は月に帰る。ウサギは月で餅《もち》をつく。いずれにしても、竹本の手が届かない場所が、卯月の棲む世界なのか。

進化種という存在はもちろん想像もしなかったし、教えてもらった今も信じがたいけれど、すでにそれを守る機関があるなら、卯月にとっては願ってもないことだ。入矢や垣山はちょっと胡散臭かったが、砂場とは仕事をしたし信頼している。

やっぱり預けるべきなんだろうな……。

「……剛――」

振り返ると、人型になった卯月が、タオルケットを頭から被って座り込んでいた。

「起きたのか。寝ててもいいんだぞ。今日は疲れただろ」

卯月は目を伏せてかぶりを振った。

「じゃあ、なんか食うか？　野菜、パックのサラダしかないけど――」

竹本がキッチンへ行こうとすると、卯月が手を掴んで引き止めた。

「いらない。ねえ、俺……行かなきゃだめ？」

見上げる双眸はすがりつくようで、今すぐにでも抱きしめたい。そして、ここにいていい、いてほしい、と言いたい。

しかし竹本はそっと手を解き、卯月の頭を撫でた。柔らかく温かな耳を擽るように撫でると、卯月は心地よさそうに目を細める。

「――写真撮ってやるよ。今夜は満月だぞ」

放り出したままだったカメラを構えて、卯月を窓辺に座らせる。卯月と、満月と、そして少しでもたくさん部屋の様子が収まるように、構図を探す。

残しておきたいし、憶えていてほしい。わずかな時間だったけれど、卯月がたしかにここにいたことを。

何枚かを撮って、きりがないと顔を上げた竹本を、卯月はまだじっと見つめていた。

「記念写真なんてやだからね。俺、写真じゃなくて、本物がいい」

「卯月……」

人間離れした跳躍力で、卯月は座った状態から一気に竹本に飛びついた。首に両腕を絡められ、胴体に脚を巻きつけられ、竹本は反射的にその腰を両手で支えた。手出しができない竹本に、卯月は唇を押しつけてくる。

吐息と一緒に甘い匂いが押し寄せて、竹本は力が開抜けていくのを感じながら、卯月を落とさないようにゆっくりと腰を下ろした。

「……それ、必要ないから……」

頬や唇の端を舐めていた卯月が、視線を竹本に移す。

「この匂い……これも進化種の特性なんだろ？　こんなの使わなくても、俺は……俺はとっくにおまえが好きだよ」

卯月は目を瞬いて「好き……？」と呟いていたが、やがてぱあっと笑顔になった。同時に匂いがむせ返るほど強くなる。

「好き？　俺のこと好き⁉　嬉しい！　俺も剛のこと大好きっ！」

「だから、匂いを出すなって——」

どうにも抵抗できず、仰向けにひっくり返った竹本の視界に、卯月が顔を覗かせた。

「匂い、する？　出したり止めたりしてるわけじゃないんだ。勝手に出るみたい。砂場がそう言ってた」

腹の上に乗った卯月は、竹本の頬を両手で包む。

「好きって気持ちが、匂いになるんだって」

「フェロモンの強力版か。それにしてもおまえの匂いはなんていうか……かなりエロいぞ。他の奴に気がつかれないかと、気が気じゃなかった」

ついでに、押し倒されたりしないだろうか、とか。

「好きな相手にしかわかんないんだって。それも、その相手が俺を好きじゃないと気がつかないって」

「えっ、ちょっと待て。最初からぷんぷんしてたぞ。それでつい手が出たくらいで……あれは単純にフェロモンだったんじゃないか？」

「えー、だって好きならエッチしたいじゃないか。愛は心も身体も満たしたいよね」

「どこで覚えた、そんなセリフ――うっ……」

卯月が擦りつけるように腰を振ったので、デニムの中身が刺激される。

「あ、あっ……硬くなってきた……」

「ほんとに身体優先だな」

竹本はそう言いながら、卯月のハーフパンツの前を開く。毎日のように繰り返される手順だが、いつでも卯月のペニスは元気よく飛び出す。

「もうぬるぬるじゃないか」

「違う……気持ちはもういっぱいなの！　だからエッチもしたくなるんじゃないかぁ……あっ、

あん……っ……」

竹本は卯月の腰を胸元まで引き寄せ、尻を揉みつつ顔を上げて舌を伸ばす。

「あっ、舐めちゃだめ！」

「なんで。気持ちいいって言ってただろ。ひいひい言って、白目剥いて」

「だからだめえっ！　すぐいっちゃう」

「すぐいってもすぐ勃つくせに」

それ以上は問答無用でペニスを咥えると、活きのいいそれが竹本の口の中で暴れる。卯月本体はくたっと前に倒れ込み、どうにか竹本の頭上に両手をついて、身体を支えている。

緩いタンクトップの裾が垂れて、へそから喉元まで丸見えだ。片手を伸ばして、明らかに尖っている乳首を引っ掻いてやると、卯月は声を上げて身をくねらせた。

「うっ、ぷ……」

……やられた。

跳ねるペニスから断続的に飛沫が弾け、竹本の顔や髪に命中する。暴発させた卯月のほうは、竹本の頭上まで進んで、しどけなく身体を震わせていた。ハーフパンツが膝の辺りまでずり落ちて、剥き出しの尻が余韻を味わうようにかすかに上下している。短い尻尾もそれに合わせてぴくぴくと揺れる。

「顔射だと、生意気な。早撃ちのくせに」

竹本は卯月の双丘を押し開き、窄まりを指でなぞった。蠢《うごめ》く襞の隙間から、透明な蜜が溢れてくる。

「あっ……剛……っ……」

「もっと濡らせよ。そうじゃなきゃ舐めるぞ」

そう言って後孔に舌を這わせると、卯月は腰をくねらせて喘いだ。脚の間から覗くペニスは早くも勃ち上がって、押し出された雫《しずく》が糸を引いている。

「狭いー……あっ、ああっ……」

「狭いって、なにが？　さっさといっちゃったおまえのほうが狭い」

唾液と蜜にまみれた孔に指を差し入れ、もう一方の手を伸ばして、脱げかけのハーフパンツとゆるゆるのタンクトップを剥《は》ぎ取った。

後ろ姿だとウサ耳と尻尾が明らかで、それが間違いなく卯月だと思ったら、熱いものが込み上げてくる。愛しのエロウサギ。

「だ、だって……」

快感に目を潤ませた卯月が振り返った。

「俺だって、剛のこと気持ちよくしたい……」

……ああ、なんだってそう琴線《きんせん》に響くことを言うかな。そんなとろっとろの顔で……。

視線があからさまに竹本の下腹に移動したのはともかく。

「充分。おまえを見て、触ってるだけでギンギンだ」

「ほんと⁉　見せて！　見たい、剛の裸見たい！」

指を突っ込まれている状態で、相手にストリップをせがむところが卯月らしい。己の欲望に忠実、よく言えば素直。

竹本はもったいをつけてTシャツを脱ぎ捨て、それからデニムの前を開いた。

「……わー、ギンギンだ……」

うっとりと見つめる卯月に、竹本は自分のものを握って、指を埋め込んでいる後孔の周りに、先端を擦りつけた。

「ああん、硬い！　……欲しいっ……入れてぇ……」

指を吸うように内壁がうねり、痛いほど締めつけてくる。その感触を知っている竹本のものが、期待に脈打った。

指を引き抜いて、卯月の腰を引き寄せる。忙しなく揺れる尻尾に見え隠れする濡れ綻《ほころ》んだ窄まりに、己のものを押しつける。

「あっ……いい、おっきい……」

AV張りのセリフも、卯月の本心だと思えば、さらに滾ってくる。

「……ね、ねえっ、おっきいよ？　いつもよりもっとおっきくない？　あっ、あっ……」

卯月の訴えが事実かどうかはともかく、腰を進めてもなかなかスムーズに挿入できなくて、ひと突きごとに前進してしまう。窓際まで追い詰められた卯月は、窓枠にしがみついた。ガラス越しに月光が卯月の顔を照らす。

「ああーっ、はい、る……っ……」

窓は閉めてあるが、カーテンは全開だ。二階とはいえ灯りはついているし、誰かに気づかれないとも限らない。

竹本は身を乗り出してカーテンを閉めた。その弾みでさらに深く突いたらしく、卯月が感じ入った声を洩らす。

「あっ、ああ……いっぱい……あ、そうだ、おっぱいも触ってぇ」

「おまえのはおっぱいじゃないって言っただろ」

そう返しながらも、竹本は卯月の精いっぱい尖った乳首を、つまんで捏ね回す。左右を同時に弄りながら、深く差し入れたものでグラインドすると、卯月は喘ぎとも泣き声ともつかない声を響かせた。

腰の動きを前後に変えて徐々に大きくしていくにつれ、卯月の声が切羽詰まってくる。

「あう、んっ、だめ……っ、いくっ……」

「だから早いって」

びくびく震えるペニスを握ると、卯月の喉がひゅっと鳴った。

「後ろだけでいけるだろ？　前は我慢しな」

柔らかな耳を食《は》むようにして囁く。卯月は頬を上気させて目を瞑り、竹本の動きに合わせて腰を揺らす。締めつけがいっそう強くなり、竹本が味わう快感も増幅する。

「……ご、剛……っ……」

卯月は後ろに手を伸ばす。身体能力の高い卯月だが、本来ウサギのせいか、後方には身体が硬い。必死に竹本に触れようとしているみたいだけれど、指先が空をさまよう。竹本はその指を舐めた。

「剛も……あっ、いって……？　一緒が気持ちいい……んっ……」

俺にできることなら、なんだってしてやるよ。

竹本の激しい突き上げに、卯月の膝が浮き上がる。しがみついたカーテンがカシャカシャと音を立て、何箇所かレールから外れた。

「ああっ、いくぅっ……」

目が眩《くら》むほど締めつけられ、続いて断続的な震えが竹本のものに伝わってくる。甘く蠱惑的な匂いが舞い上がり、竹本の解放を誘う。

根元まで埋め込んで、熱情を解き放った。単なる射精でなく、少しでもこの想いが流れ込めばいいと願う。

「……ああ、またっ……」

ペニスから指を離すと、溢れるように精液が流れ落ちる。勢いはないが、卯月は二度目の深い絶頂を味わっているようだ。

白い背中を波打たせて蹲った卯月は、柔らかくまとわりつくような感触を竹本に与えていたが、やがて唆《そそのか》すように内壁を蠢かし始める。

「……もっと……」

振り向いた顔は、竹本のハートを撃ち抜く色っぽさだ。

「言うと思った」

そんなふうに軽く言い返したけれど、休む間もなく漲ったのは、卯月にもモロわかりだろう。

卯月の片脚を掴んで、繋がったまま華奢な身体を反転させる。

「ああっ、捩れるぅ……」

「でもいいんだろ？」

「うん、いい。剛だから、いい……」

抱きついてくる卯月の腰を抱え、膝の上で揺さぶる。喘ぎが大きくなるにつれて、抜き差しがむずかしくなるほど締めつけられる。

「きつすぎだって。突いてやれない」

竹本の肩に顔を伏せた卯月が、切れ切れに呟く。

「……このまま……んっ、抜けなくなっちゃえばいいのに……」

竹本が動きを止めると、卯月が泣き顔を上げた。

「離れたくないよっ……」

……そうだ。そうだな……俺もだよ。

竹本は舌を伸ばして濡れた頬を舐め、それから卯月の唇を強く吸った。


翌日、竹本は卯月を連れて武蔵野動物園を訪れた。

昨日と同じバックヤードに連れていかれたが、案内されたのは別棟の小ぢんまりとした建物だった。一見、ふつうの住宅のようだ。

「園長の私邸です」

案内してくれた砂場の言葉に、竹本はにわかに緊張する。

武蔵野動物園の園長の来栖《くるす》は、進化種を保護研究する機関の幹部でもあるという。まさかそんな人物まで出てくるとは予想していなかった。

「……剛……」

隣の卯月にそっと手を握られ、竹本はぎこちなく笑みを返す。

「だいじょうぶ。俺がいるだろ」

砂場の手でドアが開くと、室内は完全に一般家庭のリビングだった。いや、建物が洋館風の瀟《しょう》洒《しゃ》な造りなので、高級住宅の応接室——だろうか。

ベージュの花模様の壁紙に下のほうは飴色《あめいろ》の腰板が張られ、高めの天井は漆喰《しっくい》塗りで格子模様に梁《はり》が伸びている。たしか格天井《ごうてんじょう》といったか。アンティークっぽいすりガラスの照明の下には、ゴブラン織りのゆったりとしたソファセットが置かれていた。

正面の肘掛け椅子に、白髪と白いひげのスーツ姿の人物が座っていた。彼が園長の来栖だろう。その隣にいるのは、昨日も会った獣医師の垣山だ。

「やあ、ようこそ。園長の来栖です」

来栖は立ち上がって、竹本と主に卯月へ微笑みかける。

「卯月くんだったね？　昨日はいろいろ言われてびっくりしただろう。今日は元気かな？」

「……剛と一緒だから……」

竹本の背中に隠れるようにして、卯月はおずおずと答えた。

「そうかそうか。しかし私たちは、きみに意地悪をする気はないんだよ。ただきみはふつうのアマミノクロウサギとちょっと違うのでね、それをきみ自身にも知っておいてほしい。まあ、座ろうか」

向かいのソファに竹本は卯月と並んで腰を下ろす。砂場は横のスツールに座った。

「あれ？　昨日の人は？」

卯月が首を傾げる。

「入矢さん？　奄美大島に出かけたよ。卯月くん以外にも進化種がいるかどうか、調査してくるって」

「もう？」

卯月の問いに対する答えに、思わず竹本は口を挟んでしまう。

なんてフットワークが軽いんだろう。そのくらい職務に熱心だということだろうか。

「昨日はじっくり話す暇がなかったからな。これから進化種についてもう少し詳しく説明する――」

垣山がパンフレットのようなものをテーブルに滑らせるのを見て、竹本は片手を上げた。

「待ってください。その前にお願いがあります」

ストップをかけられて垣山は片眉を吊り上げたが、来栖は頷いて椅子の背にもたれた。

「なんなりとどうぞ。私たちにできることであれば、そしてそれが進化種の――卯月くんのためになることなら」

先に釘を刺されたような気がして、竹本は一瞬怯んだが、かぶりを振って来栖を見返した。

「卯月のためになるのかどうかはわかりません。いや、たぶんあなた方に預かってもらったほうがいいのかもしれない。けど俺は――卯月と離れたくありません。卯月を……愛しています」

隣で卯月が息を呑む気配がした。

来栖はおどけたように目を瞠り、垣山は額に手を当ててため息をつく。

「卯月が希少な存在だということは理解しています。そういう生き物を万全の態勢で守るのが、あなた方の組織だということも承知しているつもりです。けど俺にとって、卯月は卯月なんです。

その彼を好きになって、これからもずっと一緒に生きていきたい、そう思ってます」

来栖は膝の上で両手の指を組み、おかしそうに笑う。

「それで？　卯月くんはどうなのかな？　泣いてないで、ちゃんと言ってごらん」

「えっ……？」

思わず横を見ると、卯月はぽろぽろと涙を流していた。

「う、卯月、泣くことないだろ」

「だって……俺、ここに置いてかれると思ってたっ……それでも剛を追いかけてくつもりだったけど……っ……」

卯月は竹本に抱きつき、声を上げて泣き始める。その向こうで、どういうわけか砂場ももらい泣きしていた。

「そ、そうだよね！　進化種とか、そういうことじゃなくて、その相手だから好きになるんだよね」

味方みたいだけど……砂場さんってこんな人だったのか？　もっとクールな感じかと思ってた……。

「なんのかんのと進化種はモテるねえ。そしてちゃんと自分で相手を見つける。いや、捕まえるのかな？　ねえ、垣山先生」

「どうですかね！　それよりきみ、威勢よく告白してくれたけど、覚悟の上なんだろうな？」

垣山にじろりと睨まれ、竹本は図らずもビビる。

「返品不可ってことだよ。まあ、進化種のほうから言い出した場合は、別だが。一応伝えておくと、これまでに進化種と人間のペアで別れた例はない」

「覚悟……というと――」

……は？　今、なんて――？

「……これまでに、って……他にも人間とくっついたことがあるんですか？　例が挙げられるほどたくさん……？」

竹本が呆然としていると、垣山がパンフレットを押しつけてくる。

「だからその辺の説明をするって言ったんだ。ときにそのアマミノクロウサギ、妊娠してるだろ」

……にん、しん……？　てなんだっけ……？

どう考えても【妊娠】以外の漢字を思いつかず、しかし話がまったく見えない。

垣山はふふんと鼻を鳴らした。

「知らなくても、やることたやってるってか。進化種はな、相手が同性でも人間でも子作りが可能なんだよ。それが救世主たるゆえんだ。なんたって繁殖相手がいくらでもいる」

「垣山先生、繁殖って言い方やめてください！」

砂場がクレームを出している声も、竹本は耳に入らなかった。

卯月が妊娠？　男が妊娠？　人間とも子作り可能？　ということは、腹の子の父親は俺か⁉

頭の中でそんな言葉がぐるぐる回る。

そのとき、そっと手を握られた。膝の上から視線を上げていくと、卯月が心配そうに見つめている。

「……剛……」

「……卯月、マジか？　ほんとに妊娠してるのか？」

肉体関係がある男女間で、男がこんなセリフを吐いたら卑怯《ひきょう》な話だけれど、卯月はオスのアマミノクロウサギだ。進化種という不思議な存在とその特性を、昨日今日知ったばかりでまだよく呑み込めていない竹本が口にしても許してほしい。

そもそも俺は、そういう意味で訊いたわけじゃなくて――。

卯月は耳を萎《しお》れさせ、困惑の表情で竹本を見上げる。

「……わかんない。けど、最近お腹がごろごろする……」

「えっ、そ、それは腹を壊したとかじゃなくて？　まさか……胎動ってやつか⁉　そんな早くに⁉」

なにしろ卯月と暮らし始めて、ようやくひと月経つか経たないかだ。初回で大当たりだったとしても、早すぎはしないかと驚いていると、垣山が口を挟む。

「ウサギの妊娠期間は、だいたい三十日から四十日だ」

「ええっ⁉　じゃ、じゃあ、もうすぐ生まれる……？」

竹本は思わず卯月のぺたんこの下腹に目を向けてしまう。

なにかまずいこととか、食っちゃいけないものとか、なかっただろうな？　あーっ、エッチ！　あんな激しいのを毎晩やってて、子どもはだいじょうぶなのか⁉

ここは垣山に尋ねるべきかと険《けわ》しい顔で迷っていると、卯月がさらにしょんぼりと肩を落とした。

「ごめんね……俺、子どもができるなんて知らなくて。剛に迷惑かけてるよね……」

卯月も卯月で、無責任な男に騙されて、それでも離れられないダメ女のようなセリフを口走る。

「ばっか、なに言ってんだ！」

いや、ばかは竹本のほうだ。なにを卯月にこんな顔をさせているんだ。自分は卯月を守って、愛するために一緒になろうとしているんじゃないか。

竹本は卯月の手を両手で握った。

「俺とおまえの子どもなら大歓迎だよ！　子は鎹《かすがい》って言うだろ？」

「か、かすがい……？」

「ええとな――ああもう、後で説明する。大したことじゃないから。それより結婚しよう！　一緒に子どもを育てよう！」

卯月はウサ耳をピクッと揺らして、大きく頷いた。

「うん！　結婚する！」

「こりゃあめでたい」

拍手する来栖と、またしてももらい泣きしている砂場を尻目に、垣山は呟く。

「ま、子どもまでできてるなら、母体最優先でウサギちゃんの希望を通すさ。たとえここで逃げようと、とっ捕まえて婿《むこ》にするし……手間が省けた」

「垣山先生、そんなこと言って。進化種はみんな、自分を心から愛してくれる伴侶をちゃんと選ぶでしょう。パートナー探しに関しては、我々はあまり仕事がないね」

来栖は機嫌よく声を上げて笑うと、孫を見るように目を細めた。

「卯月くん、ではきみは竹本さんと幸せになりなさい。もちろん好きな場所で一緒に暮らしてかまわない」

「ほんと⁉　ありがとう、おじさん！」

卯月はぴょんと立ち上がって、深々と頭を下げる。

「卯月、おじさんじゃなくて園長だよ！」

竹本が慌てて訂正させようとするが、来栖は片手を振った。

「おじさんでけっこう。しかし間もなくきみは母親になる。きみも竹本さんもその辺りことについては知らないだろうし、私たちも心配だから、子どもが生まれて落ち着くまでは、ここで生活してはどうだろう？」

つまり、進化種の保護研究のエキスパートが全面的に協力態勢を敷いてくれるということで、願ってもない提案だった。

「それはとても心強いです。子どもが生まれるとなれば、少しでも稼いどきたいし、留守にするのが心配なんで――」

しかし卯月がしがみついてくる。

「剛も一緒じゃなきゃやだ」

「それなら心配ないよ、卯月くん。園内には、進化種のカップルが生活している部屋もたくさんあるから。きみたちの部屋も用意できる」

砂場の言葉に、竹本は頭を下げた。

「すみません、なにからなにまで……でも、ウサギは寂しがらせないほうがいいんですよね」

そう言うと、砂場は微妙な笑みを浮かべた。

「ああ、それ……」

「ウサギは寂しいと死ぬ、ってか？　そりゃドラマのセリフが独り歩きしただけだ。寂しいくらいで死んでたら、とっくに絶滅してる」

砂場の言葉を引き取った垣山が、歯に衣着せない解説を始めた。

「もともと野生では敵に狙われることが多いから、実際に具合が悪かろうと見た目は元気よく動く習性が身についてるんだ。それがペットになっても相変わらずで、飼い主が気づかないうちに体調が深刻になって、コロッと逝《い》っちまうことがあるんだよ。朝は元気だったのに、帰宅したら死んでました、とかな。それを勘違いした人間の思い込みだ。まあ、半日以上の絶食は、胃腸の活動が停止するから、たしかに放っておくのはまずい」

「はあ……気をつけます……」

竹本は神妙に垣山の言葉を拝聴しながら、口調や態度はともかく、優秀で信用できる獣医師だと思った。

「となるとあんた、ウサギはどエロいなんてのも信じてたクチか？」

にやりとした垣山に、竹本は返答に詰まる。

「えっ、いや……あの、それもガセですか？」

垣山は肩を竦めた。

「イースターとか、それよりずっと前の神話時代から、多産と豊穣のシンボルだったのが、近年捩れて性的象徴になったんだろ。ヒトとウサギだけが年中発情してるなんていうけど、ウサギも基本的には春と秋だよ。ま、アマミノクロウサギに関しては、周年繁殖してるんじゃないかってデータもあるけどな」

「俺、剛と毎日エッチしてるよ」

「ちょっ、卯月っ！」

よけいなことを口走った卯月に、竹本は慌てる。

しかし垣山はまったく動じず、むしろうんざりしたように片手を振った。

「進化種だからな。その辺は、人間と変わらん。いや、総じて性欲は強めか」

「どうしてそう身もふたもない言い方をするんですか、垣山先生。愛し合ってる者同士なら、求め合って当然でしょう。進化種は愛情深いんです！」

またしても砂場が垣山に食ってかかった。砂場は進化種の強い味方のようで、竹本は頼もしく思う一方、妙な考えに辿り着いた。

まさか、砂場さんも進化種とデキてるとか……いや、まさかな。

その後、卯月を詳しい検査のために預け、その間に竹本はアパートに戻って、身の回りのものをまとめて、武蔵野動物園にUターンした。


卯月と竹本のために用意されたのは、従業員の寮の一室だった。間取りは2LDKで、それまで住んでいたアパートよりもずっと広く、家具や日用品も揃っていた。

卯月に手を引かれて案内されながら、竹本は戸惑いを隠せない。まるでつきあっていた相手が、予想外に金持ちだったような。

寝室の大きなダブルベッドに腰を下ろし、マットレスの上で跳ねる卯月を見上げる。

「楽しそうだな」

「うん、なんだっけ？　旅行みたい」

卯月はぺたんと座り込むと、竹本の顔を覗き込んだ。

「ここで赤ちゃん産んで、そしたらアパートに帰ろうね。俺、あの部屋がいちばん好き——あ、違う」

卯月の両腕が竹本の肩に回り、小さな顔が近づく。

「剛のいるとこがいちばん好き」

END

CROSS NOVELS

Fathers & Sons?

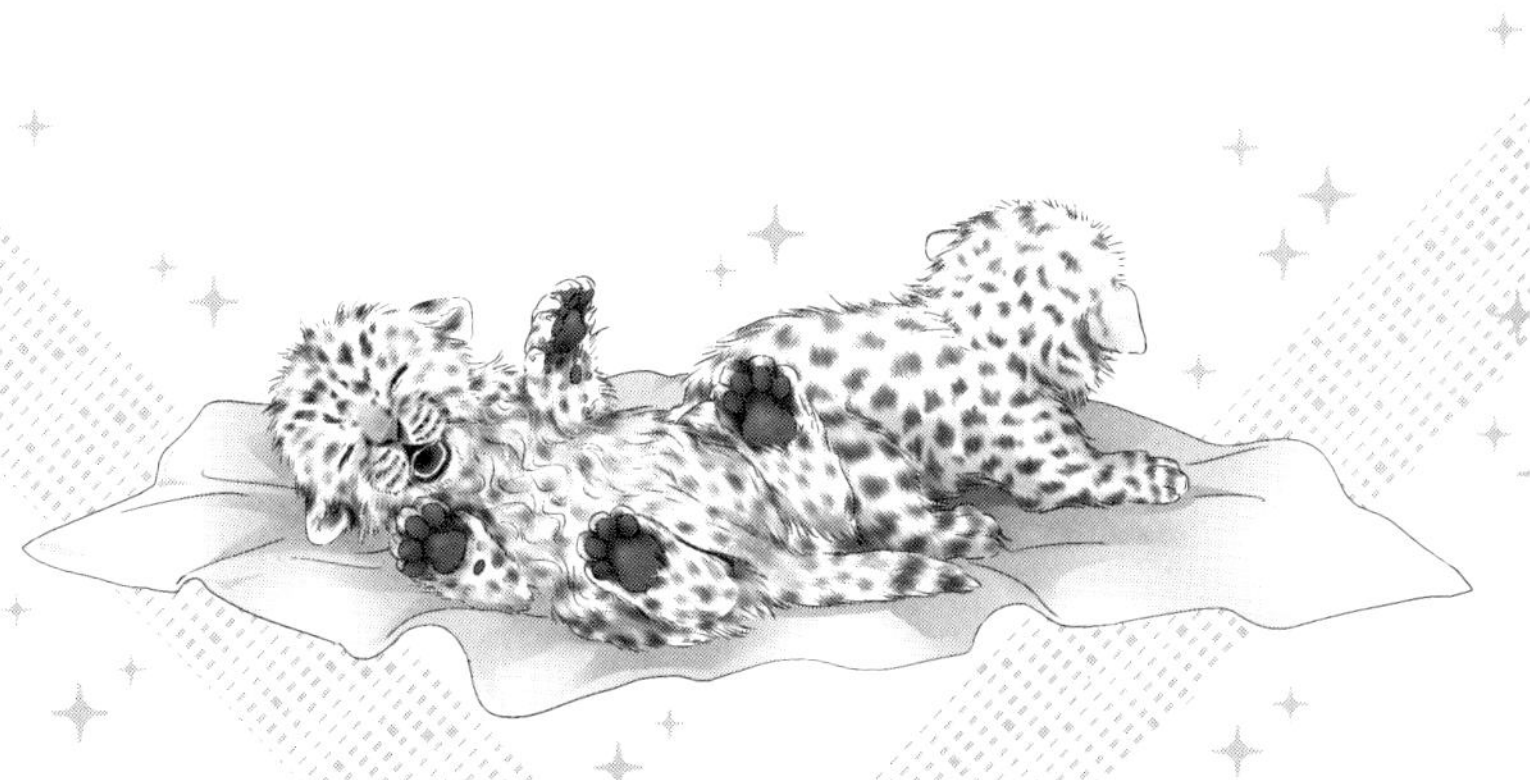

A N I D A N

Presented by Mari Asami with Ryou Mizukane

「えっ……？」

夕食の席で、マールイが目を見開く。大好物のクリームシチューが、スプーンからゆっくりと垂れた。

尾賀直己《おがなおき》は素早くティッシュを抜き取って、テーブルを拭く。

「だから、子どもができたんだよ。生まれるのは再来月かな」

ジョールトィはそう言って、得意げににやりとした。

「もっと早くできるかと思ってたけど、意外と時間がかかったな」

視線を直己に移して、今度は柔らかく微笑む。直己もつられて笑みを返した。

この地でジョールトィとマールイと一緒に暮らして、一年が過ぎた。やんちゃ盛りのマールイがけがをしたり、ジョールトィと些細な口論をしたりと、平穏とはいえない日々だったけれど、家族としての絆が深まったと感じられもした。

そしていよいよ新しい家族が増える。

直己が自分の身体に新しい命が宿っていると知ったのは、数日前のことだ。可能性があると聞かされていたとはいえ、男の身で身ごもるというのは、やはり戸惑いが先に立った。

しかしすぐに直己の異変に気づいたジョールトィに問い質《ただ》され、不安もあって打ち明けたところ、手放しで大喜びされた。

『やったな、直己！　嬉しい！　こんなに嬉しいのは人生で初めてだ。いや、二回目かな。直己が伴侶になってくれて以来だ』

その喜びようを見るうちに、直己も次第に嬉しさが胸に込み上げてきた。大変なことはあるかもしれないけれど、自分には家族がいる。ジョールトィとマールイがいれば、きっとたいていのことは乗り越えられるし、そうしていくべきだ。

こんなに喜んでくれるジョールトィのためにも、前向きに頑張って、みんなでもっと幸せになろうと心に決めた。

——で、マールイにも今夜打ち明けたわけだが。

マールイはしばらく固まっていたが、我に返ったようにスプーンを口に運び始めた。

「……マールイ?」

予想外のリアクションというか、ある意味スルーというか、なんの反応もない。

あれれ……?　どうしたんだ?

「なんだよ、マールイ。なにか言えよ。おめでとうとか」

ジョールトィは不満そうに口を尖らせる。

「おめでとう」

咀嚼の合間にそれだけ言って、マールイは黙々と食事を続けた。

「おざなりだな」

非難したジョールトィの足を、直己はテーブルの下で蹴飛ばす。

もしかしたら、マールイは疎外感を覚えたのかもしれない。

なさぬ仲ながら家族となった三人は、それぞれのポジションを父（夫）、母（妻）、子どもと割り振っていた。実の親と離れてしまったマールイは、とりわけ母親代わりの直己にべったりだった。

それが、ジョールトィと直己の間に子どもが生まれたら、自分は本当の子どもではないとか、最悪じゃまな存在だとか考えてしまったのでは——。

人型では八、九歳くらいに成長したマールイだけれど、まだまだ甘えたい盛りだろう。その一方で幼児期を脱して、自分以外の立場を考えるようにもなってきている。なかなかむずかしい年ごろだ。

「ごちそうさま」

マールイは使った食器を重ねて、キッチンへ向かった。

「あ、マールイ。いいよ、置いておいて」

思わずそう声をかけたのだが、返事はなかった。代わりに水音が聞こえ始める。

「今まで皿洗いなんかしなかったのに……」

「いい傾向じゃないか。直己も助かるだろ」

のんきなジョールトィを、直己は睨んだ。

「このタイミングでやってるのが気にならないの？　……マールイ、ショックなんじゃないかな……」

「はあ？　なんで？」

本気でわからないというような顔をされて、直己はイラッとした。

「自分以外に小さい子どもが増えるんだよ？　今までみたいに俺たちをひとり占めできないって思っても、不思議じゃない。しかも生まれてくるのが俺たちの実子となれば、引け目みたいなものを感じてもいるんじゃないか？　もちろん俺はマールイのことだって可愛いと思ってるし、差別する気なんかないけど……要はマールイがどう思うかだからなあ」

直己としては第二子が生まれる感覚でいたのだ。だからマールイにも妊娠を伝えた。兄弟ができると喜んでくれるかなと、期待してもいた。

しかし考えてみれば世間でも、赤ちゃんが生まれたら、上の子が情緒不安定になったり赤ちゃん返りしたりという話を聞く。同じ親から生まれた兄弟でさえ、そういうことがあるのだから、マールイがどう受け取るかをもっと考えておくのだったと、直己は後悔した。

「俺、浮かれてたのかな……」

肩を落とした直己を、相変わらずジョールトィはのんきに慰める。

「気にするなって。だいじょうぶだよ」

「もうっ、なんでそうお気楽なんだよ！　家族の問題だろ！」

「ママっ！　怒っちゃだめ！」

突然キッチンからすっ飛んできたマールイが声を上げた。

「ど、どうしたの、マールイ？」

マールイは泡だらけの拳を振り回す。

「けんかしちゃだめだよ！　お腹の中で赤ちゃんが聞いてるんだから」

えっ……？

呆然とする直己の横で、ジョールトィが両手を上げた。

「けんかじゃない。ちょっと育児方針について相談してただけだ。俺たちが仲よしなのは、マールイも知ってるだろ？　だから子どももできたわけで――」

「それ、よけいだから」

直己は我に返って、ジョールトィの足を踏んだ。

マールイはしばらく直己とジョールトィを見比べていたが、納得したのか頷いた。

「それならいいけど。はい――」

両手を差し出されて戸惑っていると、ジョールトィが皿をまとめてマールイに手渡す。

「ジョール、そんなにたくさん……いいんだよ、マールイ。あとは俺がやるから」

「いい」

マールイは子どもながらきりりとした表情で、直己を制した。

「今日から皿洗いはぼくがする。ママはゆっくりしてて。赤ちゃんが生まれたら、ぼくお兄ちゃんだもん」

あ……そうだったのか……。

見ればマールイは、どこか誇らしげに胸を張っていた。きゅっと上がった口角にも、抑えきれない笑顔が見え隠れしている。

嫌がっているなんてとんでもない。マールイはこんなに赤ん坊の誕生を待ち望んでいる。早くも年長者としての自立心を表して、直己に思いやりまで示して。

慎重に皿を運んでいくマールイの後ろ姿を見送って、ジョールトィが直己の肩を抱いた。

「言ったとおりだろ？　なにも心配なんかない」

「……ほんとだ。勝手に思い込んじゃって、マールイに申しわけなかったな」

耳を澄ませると、水音に交じってマールイの鼻歌が聞こえてきた。

「いい子だね」

直己が頭をもたせかけると、ジョールトィが額に唇を押し当てる。

「そりゃそうだ。俺たちの息子だからな」

END

あとがき

こんにちは、浅見茉莉です。この本をお手に取ってくださり、ありがとうございます。

『あにだん』第四弾となりました。ひとえに応援してくださった皆さまのおかげと、感謝しています。

今回はアムールヒョウとアマミノクロウサギです。

動物選びは毎回悩むのですが、ビジュアル的にイケている絶滅危惧種って、案外少ないんですね。人気が高いのはネコ科の大型獣で、私も異論はないのですが、雰囲気が似通ってしまうところが困りものです。

というわけで人型のイメージで差をつけようと、アムールヒョウはゴリゴリの外国人にしてみました。それに伴い、舞台もロシアにして、機関側が彼らのホームグラウンドに踏み込む設定です。

攻は初の子連れ。大小のアムールヒョウに懐かれる受は幸せ者ですね。

アマミノクロウサギのほうは、ウサギはエロくてさびしがり屋という世間（一部）のイメージを、そっくりそのまま使ってみました。その相手をしなければならない攻は大変だったと思いますが、可愛いは正義、いつの間にかデレデレです。

　これまでに登場したキャラクターが、今回けっこう出てきました。来栖未来氏は出過ぎなくらいでしたが、他にも気づいてもらえたでしょうか？　みんな幸せにやっていると思っていただけたら嬉しいです。

　みずかねりょう先生には、今回もイケメンとイケアニを描いていただきました。カバーイラストは、見ているこちらまで幸せな気持ちになります。

　担当さんを始めとして、制作に関わってくださった方々にもお世話になりました。

　読んでくださった皆さんも、ありがとうございます。

　こんな動物はいかが？　と教えていただけたら嬉しいです。

　それではまた、次の作品でお会いできますように。

CROSS NOVELSをお買い上げいただき
ありがとうございます。
この本を読んだご意見・ご感想をお寄せください。

〒110-8625
東京都台東区東上野2-8-7　笠倉出版社
CROSS NOVELS 編集部
「浅見茉莉先生」係／「みずかねりょう先生」係

CROSS NOVELS

あにだん 新米パパの子育て奮闘記

著者
浅見茉莉

2018年8月23日　初版発行　検印廃止

発行者　笠倉伸夫
発行所　株式会社　笠倉出版社
〒110-8625　東京都台東区東上野2-8-7　笠倉ビル
[営業]TEL　0120-984-164
FAX　03-4355-1109
[編集]TEL　03-4355-1103
FAX　03-5846-3493
http://www.kasakura.co.jp/
振替口座　00130-9-75686
印刷　株式会社　光邦
装丁　磯部亜希
ISBN　978-4-7730-8889-2
Printed in Japan